Die Macht ein Jedi nutzt, um Wissen zu erlangen!

STAR WARS™

JEDI AKADEMIE

DIE FIESE BEDROHUNG

New York Times-Bestseller-Autor

Jeffrey Brown

PANINI BOOKS

Danke an alle, die dabei geholfen haben, diese Serie zu einer so großartigen kreativen Erfahrung und nicht zuletzt auch zu einer besseren Lektüre zu machen! Joanne, Frank, Leland, Carol, J. W. Rinzler und alle anderen bei Lucasfilm; Marc, Chris, Brett, Steve, Phoebe und all meine übrigen Lektoren, Redakteure und Kollegen; meine Freunde und meine Familie, insbesondere Jennifer, Oscar und Simon; all die Leser, die Roans Abenteuer in einer weit, weit entfernten Galaxis so begeistert verfolgen, und alle bei Scholastic, die dieses Buch in der bestmöglichen Form auf die Welt da draußen losgelassen haben. Und schließlich ein besonderes Dankeschön an Rex Ogle, der mein Redakteur war, wenn er es sein musste, ein Freund, wenn ich einen brauchte, und häufig sogar beides zugleich.

AUTOR und ZEICHNER: **JEFFREY BROWN**

CHEFREDAKTEUR: **JO LÖFFLER**

ÜBERSETZER: **ANDREAS KASPRZAK**

GRAFIK & LETTERING: **MEDIATIVO**

Überarbeitete Neuausgabe
1. Auflage, November 2025

Impressum: Die deutsche Ausgabe von STAR WARS: Jedi Akademie wird von der Panini Verlags GmbH herausgegeben, Schloßstr. 76, 70176 Stuttgart. Geschäftsleiter: Hermann Paul, Chefredakteur: Jo Löffler, Übersetzung: Andreas Kasprzak, Marketing: Holger Wiest, Produktion: Sanja Ancic und Gunther Heeb, Lettering & Grafik: mediativo, PR/Presse: SteffenVolkmer, Druck: Florjancic Tisk, Maribor, Slowenien; Kontakt GPSR: gpsr@panini.de
ISBN 978-3-8332-4703-3

Reprints: US-STAR WARS: Jedi Academy - The Phantom Bully

http://www.panini.de/

Es war einmal vor langer Zeit in einer weit, weit entfernten Galaxis ...

Da gab es einen Jungen namens Roan Novachez (das bin ich), der auf der JEDI-AKADEMIE endlich zu einem RICHTIGEN PILOTEN ausgebildet wurde. Jetzt beginnt sein letztes Schuljahr, und das wird wahrscheinlich RICHTIG schwer, aber dafür auch richtig SUPER!

Hey, Roan, wir haben gehört, du hast 'ne Freundin an der Jedi-Akademie.
Na ja, ich weiß zwar nicht, ob sie wirklich meine FREUNDIN ist …
Aber zumindest darfst du endlich mit einem richtigen Raumjäger fliegen.
Ähm, mit einem richtigen Raumjäger-Simulator.
Oh. Mit 'nem Simulator.
Hmm.
Ich habe einen echten SoroSuub-Repulsormähdrescher gefahren.
Wirklich? Die sind ziemlich schwer zu steuern, oder?
Ja, man braucht 'ne Weile, um den Dreh rauszukriegen …
Echt cool, Adam!
Ich kann Dinge mit meinen Gedanken hochheben.

Hey, Ro.
Roan, bist du jetzt ´n Jedi?
Noch nicht.
Ich will auch ´n Jedi sein.
Guck.
ROAN! ICH KANN´S!
Gut gemacht, Ollie.
Mom, ich kann´s!
War der Postbote schon da? Ich warte auf ein paar Briefe ...
Mom! Ich kann´s! Ich hab die Macht genutzt!
Briefe? Wer schickt denn heute noch Briefe?

Hi, Mom. Wann kommt die Post? Gaiana hat mir einen Brief geschickt, und außerdem warte ich auf das diesjährige Willkommenspaket der Jedi-Akademie.
Ich dachte, der Postbote war schon da.
Nein, noch nicht.
Aber natürlich. Hat Dav dir den Brief etwa nicht gegeben?
Häh?
Oh, den hier?
Hey!
Von Gaiana?
Was denn? Ich hab ihn ja nicht geöffnet!
Wie geht es Gaianas Vater?
Schon viel besser.
Der kam ebenfalls. Von der Jedi-Akademie.
Bist du bereit für dein letztes Jahr in der Mittelstufe?
Ja. Letztes Jahr hab ich's ein bisschen vermasselt, aber in diesem werde ich superkonzentriert sein.
Wenn du willst, helf ich dir, Roan.
Danke, Ollie.

WILLKOMMEN ZURÜCK AUF DER JEDI-AKADEMIE

DIE SCHÜLER KEHREN ZU IHREM LETZTEN SCHULJAHR AN DER JEDI-AKADEMIE AUF DEN PLANETEN CORUSCANT ZURÜCK, UM MIT EINER AUFREGENDEN NEUEN PHASE IHRER PADAWAN-AUSBILDUNG ZU BEGINNEN. JEDEM PADAWAN WIRD EIN JEDI-MENTOR ZUR SEITE GESTELLT, DER IHN INDIVIDUELL UNTERWEIST. AUSSERDEM WÄHLEN DIE SCHÜLER EINEN THEMENSCHWERPUNKT, AUF DEN SICH IHR TRAINING BESONDERS KONZENTRIERT, WIE ZUM BEISPIEL HEILKUNST, FLIEGEN ODER LANDWIRTSCHAFT.

UNSERE PADAWANE WERDEN DIESES JAHR BESTMÖGLICH ABSCHLIESSEN, UM WEITERHIN IHREM WEG ZU FOLGEN, JEDI ZU WERDEN. IN DIESEM SCHULJAHR KONZENTRIEREN SICH DIE

PADAWANE IN VIELERLEI HINSICHT AUF IHRE EIGENEN, EINZIGARTIGEN FÄHIGKEITEN, UNTER ANDEREM IM KLASSEN-TALENTWETTBEWERB. HIER HABEN SIE GELEGENHEIT, IHRE HOBBYS UND IHR BISLANG VERBORGENES KÖNNEN UNTER BEWEIS ZU STELLEN. AUCH WERDEN DIE INDIVIDUELLEN

STÄRKEN UND SCHWÄCHEN JEDES EINZELNEN SCHÜLERS BEIM PADAWAN-HINDERNISLAUF ERMITTELT, BEI DEM SIE IN TEAMS ZUSAMMENARBEITEN MÜSSEN, UM GEMEINSAM AUFGABEN ZU MEISTERN UND MITTELS IHRER BESONDEREN FÄHIGKEITEN HINDERNISSE ZU ÜBERWINDEN. UM IHRE AUSBILDUNG AN DER JEDI-AKADEMIE ABZUSCHLIESSEN, MÜSSEN DIE PADAWANE ZUDEM DIE JEDI-LABYRINTH-PRÜFUNG BESTEHEN, INDEM SIE SICH IHREN WEG

DURCH EINEN IRRGARTEN BAHNEN, WÄHREND SIE ANDERE SCHÜLER IN LICHTSCHWERT-DUELLEN BESIEGEN.

FÜNFTAG

Diese Sommerferien waren viel kürzer als die letztes Jahr. Zumindest kommt es mir so vor. Vielleicht liegt das daran, dass Gaiana und ich die ganze Zeit über in Kontakt geblieben sind; wir haben gechattet und uns gemailt. Außerdem hat mich Pasha ein paar Tage lang besucht. Ich dachte, er würde sich entsetzlich bei uns langweilen, doch er meinte, Tatooine sei so vollkommen anders als der Planet, auf dem er aufgewachsen ist, und ihm machte die Sache richtig Spaß. Schon nächste Woche kehre ich auf die Akademie zurück, und ich habe das Gefühl, dass ich diesmal endlich weiß, was ich tue. Außerdem werde ich garantiert nicht wieder so übermütig wie letztes Jahr, besonders, weil meine Einzelausbildung von Mr. G. betreut wird.

Solange ich bei ihm bestehe, ist alles okay, auch wenn ich nicht in jedem Fach perfekt bin. Es sei denn, natürlich, Mr. G. sorgt dafür, dass ich genauso griesgrämig werde, wie er es immer ist ...

Hast du nicht was vergessen, Roan?
Tschüss!
Diesmal hab ich an Unterwäsche gedacht. Außerdem an mein Tagebuch, Comics, Bücher ...
Nö, ich glaube, ich hab alles.
Oh!
Wir lieben dich!
Ich euch auch.
Ich glaube, ich hab meine Unterwäsche DOCH vergessen?!

SCHÜLER: ROAN NOVACHEZ

RANG: PADAWAN | SEMESTER: FÜNF

KLASSENLEHRER: MEISTER YODA

STUNDENPLAN

JEDI-AKADEMIE · CORUSCANT-CAMPUS ·

07.30 – 08.50: DIE MACHT IM ALLTAG
MEISTER YODA HILFT DEN SCHÜLERN, DIE MACHT ZU EINEM BESTANDTEIL IHRES ALLTÄGLICHEN LEBENS ZU MACHEN.

09.00 – 09.50: ANGEWANDTE MATHEMATIK
MRS. PILTON ZEIGT DEN SCHÜLERN, WIE MAN MATHEMATISCHE FÄHIGKEITEN PRAKTISCH NUTZT, Z. B. BEIM EINKAUFEN.

10.00 – 10.50: KREATIVES SCHREIBEN
UNTER DER ANLEITUNG VON BIBLIOTHEKARIN LACKBAR LERNEN DIE SCHÜLER AUSDRUCKSVOLLE NEUE SCHREIBMETHODEN.

11.00 – 11.50: DIE MORAL VON JEDI-GEDANKENTRICKS
DIREKTOR MAR LEHRT DIE SCHÜLER MORALISCHE GRUNDSÄTZE, DIE ZU BEACHTEN SIND, BEVOR MAN JEDI-GEDANKENTRICKS EINSETZT.

12.00 – 13.00: MITTAGSPAUSE

13.00 – 13.50: INDIVIDUALUNTERRICHT I
DIE SCHÜLER VERBRINGEN VIEL ZEIT DAMIT, ENG MIT DEM IHNEN ZUGEWIESENEN JEDI-MENTOR ZUSAMMENZUARBEITEN.

14.00 – 14.50: LICHTSCHWERT-AKROBATIK
MR. GARFIELD BRINGT DEN SCHÜLERN ZUSAMMEN MIT KITMUM DYNAMISCHERE MANÖVER FÜR LICHTSCHWERT-DUELLE BEI.

15.00 – 15.50: RAUMPILOTEN-TRAINING FÜR FORTGESCHRITTENE · MR. GARFIELD UNTERWEIST DIE SCHÜLER IM RAUMPILOTEN-SIMULATOR MIT HÖHEREM SCHWIERIGKEITSGRAD.

Pasha!
Roan!
Warte, ich trage deinen Koffer!
Oh! Und ich trage deinen für dich!
Euch ist schon klar, dass das totaler Blödsinn ist, oder?
Hey, Bill.
Hi, Bill.
BOOOB FIEEEEP!
Oh, tut mir leid, RW-22! Hi!
Tätschel Tätschel Tätschel
Ich glaube, du hast ihm gefehlt!
BLEP BLOOP!
Vielleicht will er auch nur, dass wir ihn mit der Macht rumschleppen statt unser Gepäck?
BLEEEP?!
Keine Sorge, das war eindeutig ein Witz!
PLEEP BO BLEEP!

Roan!
Gaiana!
SCHMATZ
Kicher!
Kicher!
Kicher!
Uups.
Uff!
Aua!
RUMMS!
Was ist?
Haut ab und kichert woanders.
Einige von uns wollen hier durch.
Lass dich von ihm nicht ärgern.
Werd ich nicht. Geht's dir gut?
Ja.
MACHST DU SCHON WIEDER ÄRGER, ROAN NOVACHEZ?
Was?! Nein!

GUT. SELBST OHNE DEIN ÜBLICHES SCHLECHTES BENEHMEN WIRD ES SCHON SCHWER GENUG, DICH ZU TRAINIEREN.
Nicht ... darauf ... reagieren!
Umpf. Ich kann einfach nicht glauben, dass er das ganze Jahr lang mein Jedi-Mentor ist.
Wer ist dein Jedi-Mentor, Gaiana?
Bibliothekarin Lackbar.
Meiner ist Direktor Mar.
Ich habe einen neuen Jedi ...
Mich unterweist M´Ba-Tee, der Jedi, der uns letztes Jahr besucht hat.
Ich frage mich, wen Meister Yoda unterrichtet?
Rate.
Was?!! Unmöglich!
Hehe! Gut es wird sein, mit dir zu arbeiten, Cyrus.
Ihr würdet mir doch sagen, wenn sich die Jedi-Akademie gegen mich verschworen hat, oder?
Natürlich!
Sicher!
Es sei denn, wir selbst stecken dahinter ...
Klar.
War nur Spaß!

Der Padawan-Bote

AUSG. MXIV NR. 1

HERAUSGEGEBEN VON DEN SCHÜLERN DER JEDI-AKADEMIE

WILLKOMMEN ZURÜCK!

Nach, wie einige finden, nahezu endlosen Sommerferien hat an der Jedi-Akademie ein neues Schuljahr begonnen. „Es scheint EWIG her zu sein, seit ich meine Freunde das letzte Mal gesehen habe!“, erklärt Shi-Fara aufgeregt. Die Lehrer hingegen sind nicht so begeistert davon, dass die Schule wieder angefangen hat. „Hmpf“, bemerkt Mr. Garfield dazu. „Warum schicken wir diese Kinder eigentlich jeden Sommer nach Hause, wenn sie doch so schnell wieder hier sind?“ Die Padawane genossen ein Picknick, an dem die gesamte Schülerschaft teilnahm. Bei dieser Gelegenheit trafen sie ihre individuellen Jedi-Mentoren, von denen viele ehemalige Lehrer oder Lehrer von der Coruscant-Universität sind. Gammy lässt verlauten, dass noch etwas vom Kartoffel-Schnecken-Salat übrig ist, falls jemand etwas davon mit nach Hause nehmen will.

INHALT:

DREITAG

Eigentlich hatte ich vor, in diesem Tagebucheintrag positiv zu bleiben und keine negativen Gefühle aufkommen zu lassen, da ich echt froh bin, wieder auf der Jedi-Akademie zu sein und Gaiana und Pasha wiederzusehen, aber AAAAAAAAARRRGGHH, DIESER MR. G.! Wir alle mussten uns mit unseren Individual-Jedi-Mentoren treffen, und obwohl wir noch gar nicht richtig angefangen haben, macht Mr. G. es mir unmöglich, mit ihm klarzukommen.

Ich dachte eigentlich, Meister Yoda sei hier der weise Mystiker mit den ganzen verwirrenden Sprichwörtern! Die beiden Fächer nach meinem Einzelunterricht haben wir ebenfalls bei Mr. G.! Das wird ein verdammt laaaanges Schuljahr. Dabei ist das eigentlich gar nicht so schlimm, da ich hier tolle Freunde habe, mit denen ich abhängen kann.

Wir haben beschlossen, einmal in der Woche einen Brettspiel-Abend zu veranstalten. Gaiana und ich waren im selben Team und gewannen die erste Partie, was der absolut perfekte Start ins neue Schuljahr ist!

Vor dem Unterricht einen neuen Schüler ich euch vorstellen möchte.
Von Ossus hierher versetzt worden Lilly ist. Kann zeigen ihr jemand die heutige Aufgabe?
Hi.
Im Wesentlichen musst du mithilfe der Macht ein Sandwich zubereiten. Das ist ziemlich knifflig, und man braucht 'ne Weile, um es hinzukriegen, aber versuch trotzdem, es nicht zu sehr zu verbocken.
Okay ... Ungefähr so?
Wow!
Sie ist super!
Cool!
Von wegen. Sie hat den Schinken vergessen.

SIEBENTAG

Gestern kam eine neue Austauschschülerin in unsere Klasse. Ich erinnere mich noch daran, als ich der „Neue" war. Das war hart. Das neue Mädchen, Lilly, ist allerdings ECHT gut darin, die Macht zu benutzen. Sie hat Cyrus sogar im Lichtschwertkampf-Unterricht geschlagen. Selbst Mr. G. war beeindruckt, und natürlich war das eine perfekte ~~Gelegenhaid~~ Gelegenheit für ihn, darauf hinzuweisen, wie viel Training <u>ich</u> noch brauche. Lilly war es unangenehm, dass Mr. G. sie mit mir verglichen hat. Sie meinte, dass sie bloß versucht, ihr Bestes zu geben, aber wir haben ihr gesagt, dass sie sich deswegen keine Gedanken machen soll. So ist Mr. G. eben.

Gaiana bot Lilly beim Mittagessen an, sich zu uns zu setzen. Wir erfuhren, dass sie Vegetarierin ist und kein Fleisch isst. Das Seltsame daran ist, dass sie schon Vegetarierin war, BEVOR sie Gammys Essen probiert hat!

HOLOBUCH ▶ CHAT ▶ WAS IST DEIN SCHWERPUNKT?
JEDER PADAWAN WIRD SICH IN DIESEM JAHR AUF SEIN EIGENES SPEZIELLES STUDIENGEBIET KONZENTRIEREN. WAS STUDIERST DU?
GEPOSTET VON L. LACKBAR
ICH STUDIERE MUSIK.
ICH STUDIERE TANZ, WIR SOLLTEN ZUSAMMENARBEITEN! ÄHM, ALSO INDIVIDUELL ALS TEAM?
MEIN SCHWERPUNKT LIEGT AUF DER INTERAKTION ZWISCHEN MACHT UND NATUR.
ICH GLAUBE, DARIN BIST DU EIN NATURTALENT!
„NATURTALENT"? KAPIERT, HA! LASS MICH RATEN ... DU KONZENTRIERST DICH GANZ AUF DEINEN WEG ALS ... RAUMPILOT?
ICH DACHTE, DAS WEISS SOWIESO LÄNGST JEDER.
ICH NICHT. ICH DACHTE, DU LEGST DEIN HAUPTAUGENMERK DARAUF, EIN IDIOT ZU SEIN.
WARUM KONZENTRIERST DU DICH NICHT DARAUF, POSITIV ZU SEIN, ANSTATT IMMER SO NEGATIV, CRONAH?
GENAU, BIST DU NICHT NOCH AUF BEWÄHRUNG? DU SOLLTEST ECHT NETTER SEIN.
LICHTSCHWERTKAMPF.
DAS HAB ICH AUCH GEWÄHLT! IST DAS DENN ERLAUBT?

Hehe!
Mrs. Pilton, Roan und Gaiana schreiben Briefchen. Das lenkt total ab.
?
Zeig mal, was du da schreibst, Roan.
Eine der Gleichungen ist falsch, Roan. Rechne da lieber noch mal nach.
He, was ist mit den BRIEFCHEN?!
Ich krieg dich noch, Roan …
Pfffrt!

ZWEITAG

Ich hatte im Unterricht viel Spaß mit Gaiana, weil wir Lernpartner sind, aber Cronah versucht, alles zu ruinieren. Er hat sogar Ronald dazu aufgestachelt, sich über mich lustig zu machen. Seit ich auf der Jedi-Akademie bin, legen Cronah und seine Freunde es darauf an, mir eins auszuwischen.

Normalerweise würde ich sagen, das liegt daran, dass ER Gaiana ebenfalls mag, aber ich glaube, Cronah mag <u>NIEMANDEN</u>. Letztes Jahr hätte mir Yoda in dieser Sache vermutlich einen guten Rat gegeben (für den Umgang mit Cronah, nicht, was Gaiana angeht). Doch in letzter Zeit komme ich nicht dazu, mit Yoda über irgendwas zu reden, weil er so viel Zeit als Cyrus´ persönlicher Mentor investiert. Und mit Mr. G. kann ich auch nicht sprechen, das ist mal sicher! Genau darum ist Pasha so ein toller Freund – wir können uns über alles unterhalten. Er geht inzwischen schon seit einer ganzen Weile mit Shi-Fara, darum hat er jede Menge guter Tipps auf Lager. So wie den, dass ich Cronah einfach nicht beachten sollte ... Aber ich glaube, das wusste ich auch so schon!

(* Englisch für ächzen)

Notizen

GEDANKENTRICKS

Ein Jedi kann die Macht nutzen, um das Verhalten anderer zu beeinflussen

- Achte darauf, die Hand richtig zu bewegen, wenn du die Macht für Gedankentricks einsetzt.

- Gedankentricks sollten niemals dazu benutzt werden, um aus etwas Profit zu schlagen oder sich zu bereichern.
- Wenn du Gedankentricks bei deinen Freunden einsetzt, wirst du bald keine Freunde mehr haben, bei denen du Gedankentricks einsetzen könntest.

- Fang damit an, Gedankentricks an deinen Haustieren auszuprobieren.

* Falls in der Eisdiele die Eissorte alle ist, die du gern hättest, taucht sie auch dann nicht aus dem Nichts auf, wenn du den Eismann mit Gedankentricks dazu bringst, zu sagen, sie sei nicht alle.

UUPS!
STOLPER!
ROAN, PASS AUF!
SPEKTAKULÄR GEFANGEN!
Du bist raus, Cyrus!
Du auch, Cronah!
Sorry, Bill!
BONG!
Netter Versuch, Tegan, aber du bist raus!
Das ist für dich, Mary!
Hat Spaß gemacht!
Können wir noch mal spielen?
Sagte sie nicht, sie hat noch nie Völkerball gespielt?

Dinge, die Yoda diese Woche zu uns gesagt hat
Nicht leichtsinnig ein Jedi ist.
Ein Jedi mit Bedacht seine Worte wählt.
Doch nicht zu lange Zeit er sich damit lässt, weil sonst sonderbar er wirkt!
Die Kommunikationsfähigkeit eines Jedi aus seinem Mund sich ergießt.
Um verstanden zu werden, klare Worte er finden muss!
Schneller, leichter zu murmeln, ist ... aber auch verwirrend!
Darauf achten, Blickkontakt herzustellen ihr solltet.
Hmm. Vergessen zu blinzeln ich habe.

HOLOMAIL

VON: MEISTER_YODA_642
AN: PADAWAN-KLASSE
BETREFF: WICHTIGE INFORMATIONEN ZUM AUSFLUG

OPTIONEN
- ◀ ANTWORTEN
- ▶ WEITERLEITEN
- ■ DRUCKEN
- ● AUF HOLOBUCH POSTEN

WANN: 3. WOCHE

WOHIN: ZUM PLANETEN NABOO

ZWECK: DEN EINFLUSS VERSCHIEDENER GESELLSCHAFTEN AUF UNTERSCHIEDLICHE LEBENSRÄUME STUDIEREN UND MITHILFE DER MACHT MÖGLICHKEITEN SUCHEN, DIE NATUR ZU SCHÜTZEN.

AKTIVITÄTEN: DIE SCHÜLER BEGEGNEN WILDEN TIEREN IN IHREM NATÜRLICHEN LEBENSRAUM UND IN GEFANGENSCHAFT, SCHWIMMEN IM PAONGA-SEE UND BESUCHEN DIE HEILIGE STÄTTE DER GUNGANS.

HINWEISE: DIE SCHÜLER SIND ANGEHALTEN, SICH FÜR DAS SCHREIBEN EINES AUFSATZES ÜBER DEN AUSFLUG NOTIZEN ZU MACHEN. DIE SCHÜLER BRAUCHEN SICH NICHT WEGEN SANDO-AQUAMONSTERN ZU SORGEN, DIE SICH NUR SELTEN IN DIE NÄHE DES BEREICHS VERIRREN, IN DEM DIE SCHÜLER SCHWIMMEN.

BETREUER: YODA, BIBLIOTHEKARIN LACKBAR, KITMUM UND RW-22.

MITZUBRINGEN SIND: BADEZEUG, SONNENCREME, SCHWIMMBRILLE, WASSERFESTES NOTIZBUCH, FERNGLAS, TAUCHERAUSRÜSTUNG, HANDTUCH.*

* ACHTET DARAUF, DASS EUER HANDTUCH NICHT WASSERFEST IST, DA IHR EUCH SONST NICHT ABTROCKNEN KÖNNT.

Man erkennt deutlich, dass diese Grasebenen durch ihre Nähe zur Stadt Theed beeinflusst werden, während Gebiete wie das Seenland fast unberührt sind.
Ich mach mir lieber Notizen ...
Ein guter Schüler macht sich viele Notizen.
Aber ich muss auch Blickkontakt halten und nicken, damit sie weiß, dass ich zuhöre.
Mm-hm.
Wiederhol Informationen, um sie dir besser zu merken.
Ins Seenland kommt man also nur per Gleiter.
Vergiss nicht, Fragen zu stellen.
Wie sorgen sie dafür, dass niemand etwas auf den Ebenen baut?
Du siehst erschöpft aus, Roan ... Tun dir vom Gehen die Füße weh?
Nein ... Aufmerksam sein ist ermüdend!

EINTAG

Naboo ist Gaianas Lieblingsplanet, daher war der Ausflug eine tolle Sache. Gestern haben wir die heilige Stätte der Gungans besucht. Allerdings kam es uns dort gar nicht so heilig vor, weil da bloß von Pflanzen überwucherte Ruinen mitten im Sumpf waren. Meister Yoda erklärte, dass der Respekt vor der Natur vielleicht einer der Gründe dafür ist, dass dieser Ort als heilig gilt, auch wenn nicht mal unser gunganischer Führer wusste, warum er überhaupt heilig ist. Trotzdem sah's da echt cool aus! Morgen gehen wir im Paonga-See baden. Ich bin deswegen ein bisschen nervös, weil ich bislang immer bloß in Swimmingpools geschwommen bin.

Wir springen alle vom Felsen, Roan. Kommst du mit?
Ähm ... Klar.
Das sieht tief aus!
Ha-ha!
Juhu!
PLATSCH!
Schiss vor Sando-Aquamonstern, Roan? Kann ich dir nicht verübeln.
Vermutlich schnappen die sich zuerst die Waschlappen. Ha!
Komm rein, Roan!
Schätze, ich muss mir keine Sorgen machen ...
Okay, hier komme
- UUPS!
PLATSCH!
Roan! Alles okay?
Warum h-h-hat mir k-k-keiner gesagt, wie k-k-kalt das W-W-Wasser ist?

SECHSTAG

Meister Yoda beschloss, dass wir am See Teambildungsübungen machen sollten, um ein Schwimmstaffelrennen zu veranstalten. Mein Team hat dabei nicht so toll abgeschnitten, da ich kein allzu guter Schwimmer bin. Es sei denn vielleicht, verglichen mit anderen Kindern von Tatooine, da es auf diesem Planeten überhaupt kein Wasser gibt! Allerdings war mein Team deswegen nicht sauer auf mich. Stattdessen dachten sich die anderen komische Schwimmstile aus, was viel lustiger war. Ich fing wieder an, mir wie der „Neue" vorzukommen, bis wir die Shaaks-Farm besuchten. Unser Gungan-Führer zeigte uns, wie man auf den Shaaks reitet, und das ist ganz ähnlich, als würde man auf den Taurücken von Tatooine reiten. Ich habe Lilly sogar ein paar Tipps gegeben, bis sie den Dreh raushatte. Dann begann sie, Kunststückchen zu machen! Alle waren beeindruckt. Schon wieder. Sie ist jetzt ganz offiziell die Coolste auf unserer Schule.

Bevor wir in den Zoo von Naboo gingen, war Gaiana sehr schweigsam. Nach dem, was letztes Jahr passiert ist, beschloss ich, einfach mit ihr zu reden. Wenigstens würde ich dann wissen, ob sie sauer auf mich ist. Wie sich rausstellte, war sie tatsächlich ein bisschen unsicher, weil Lilly so gut in allem ist und alle sie so mögen. Darum kam sich Gaiana komisch vor, als ich Lilly dabei geholfen habe, auf den Shaaks zu reiten. Ich erklärte ihr, dass ich bloß versuchen würde, hilfsbereiter zu sein als früher, so wie Pasha letztes Jahr bei Gaianas Dad. Sie meinte dann, das sei total süß von mir. Sie versuchte sogar, mich zu küssen! Auf die Wange. Aber ich drehte ausgerechnet in diesem Moment gerade den Kopf weg. Darum hat sie mich stattdessen aufs Haar geküsst. Sie lachte, also war das okay für sie. Im Zoo führte sie mich rum. Als wir zu den Voorpaks kamen, fragten uns die Tierpfleger, ob wir uns an der Jedi-Akademie wieder um einen kümmern wollen? Also kommt Voorpee mit zurück zur Akademie! Ich werde aufpassen, dass ihm diesmal nichts passiert.

Hey, Gaiana, hast du ein neues Haustier?
Denk nicht mal dran, Cronah. Du darfst dich nicht dafür melden, dich um Voorpee zu kümmern, solange du auf Bewährung bist.
Voorpee? Nein, ich meine dein ANDERES Haustier.
Ha!
Warum ist dein Freund so gemein, Cyrus?
Ähm, keine Ahnung.
Sie hat recht, Cronah. Komm mal wieder runter.
Meinetwegen.

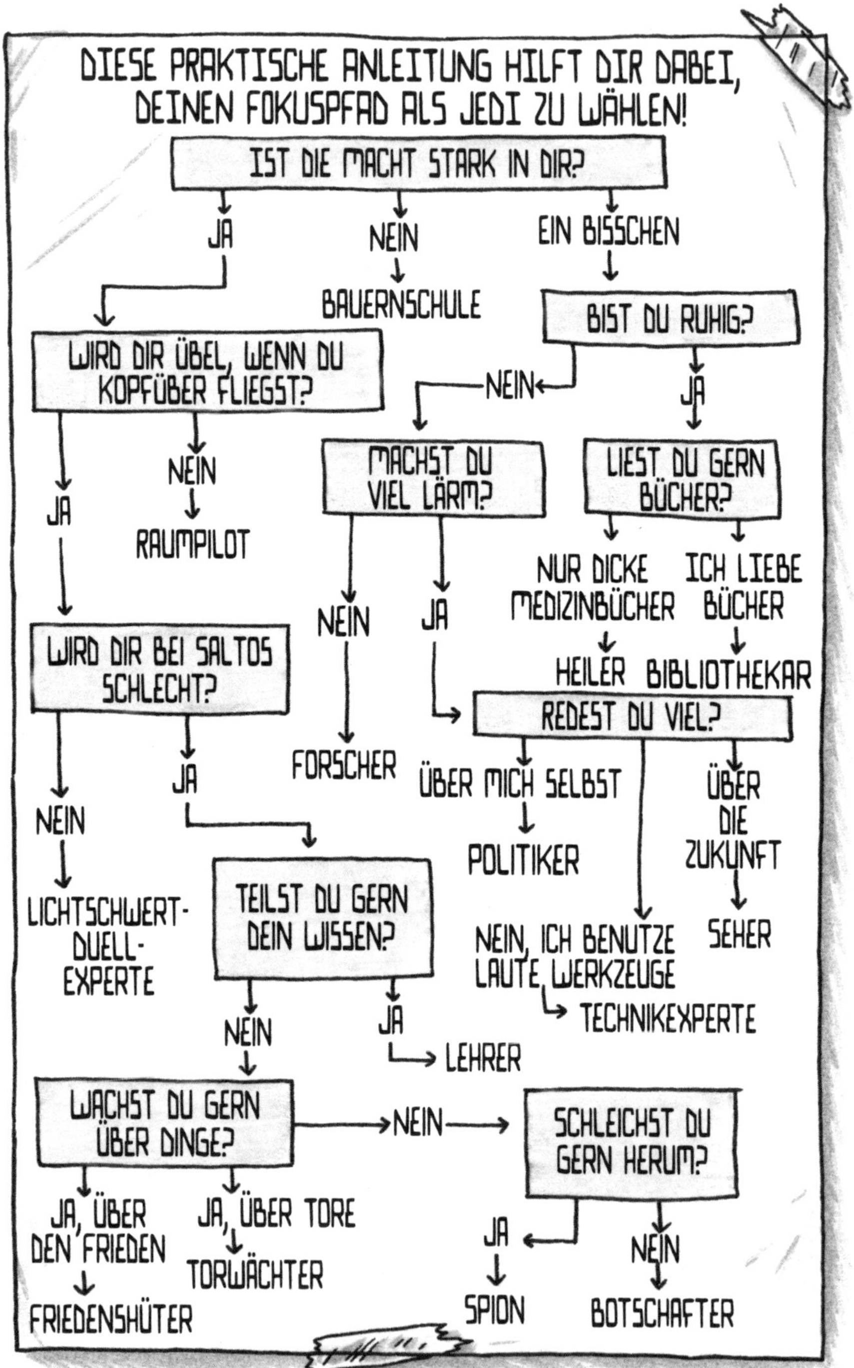
DIESE PRAKTISCHE ANLEITUNG HILFT DIR DABEI, DEINEN FOKUSPFAD ALS JEDI ZU WÄHLEN!
IST DIE MACHT STARK IN DIR?
JA
NEIN
EIN BISSCHEN
BAUERNSCHULE
BIST DU RUHIG?
WIRD DIR ÜBEL, WENN DU KOPFÜBER FLIEGST?
NEIN
JA
MACHST DU VIEL LÄRM?
LIEST DU GERN BÜCHER?
NEIN
JA
RAUMPILOT
NUR DICKE MEDIZINBÜCHER
ICH LIEBE BÜCHER
NEIN
JA
WIRD DIR BEI SALTOS SCHLECHT?
HEILER
BIBLIOTHEKAR
REDEST DU VIEL?
FORSCHER
ÜBER MICH SELBST
ÜBER DIE ZUKUNFT
JA
NEIN
POLITIKER
TEILST DU GERN DEIN WISSEN?
LICHTSCHWERT-DUELL-EXPERTE
NEIN, ICH BENUTZE LAUTE WERKZEUGE
SEHER
TECHNIKEXPERTE
NEIN
JA
LEHRER
WACHST DU GERN ÜBER DINGE?
NEIN
SCHLEICHST DU GERN HERUM?
JA, ÜBER DEN FRIEDEN
JA, ÜBER TORE
JA
NEIN
TORWÄCHTER
FRIEDENSHÜTER
SPION
BOTSCHAFTER

Dinge, die Mr. G. diese Woche zu mir gesagt hat
EIN BISSCHEN HARTE ARBEIT SCHADET NIE.
HMPF. ES SEI DENN, DU MACHST SIE FALSCH.
DANN SCHADET DAS DOCH ZIEMLICH.
VIEL FLEISS UND DER VERZICHT AUF SPASS HOLEN DAS BESTE AUS DIR RAUS.
ALSO KEIN SPASS.
NIEMALS.
ARBEITE KLÜGER, NICHT HÄRTER.
BESONDERS, WENN DU KEINE AHNUNG HAST, WAS DU EIGENTLICH TUST. HMPF.
* Dieswöchige „Hmpf“-Zählung: 453

aufricht
fummel
Bereit für unser Doppel-Date, Roan?
Nein, aber wenn wir jetzt nicht losgehen, schwitze ich meine Klamotten durch!
He! Was ist das denn?!
Blumen.
Oh, nein! Hab ich nicht dran gedacht ...
Keine Sorge, ich hab dir welche mitgebracht!
Puh, danke!
Hey, Gaiana!
Hey, Shi-Fara!
Hey, Jungs!
Ich hoffe, es ist okay, wenn noch jemand mitkommt?
TWEEEP?
Oh, du meine Güte! Damit habe ich zwar gar nicht gerechnet, aber es wäre RW-22 und mir eine große Ehre, euch zu begleiten.
BLOOP!
Oh, ähm, T-P3O, eigentlich meinte ich ...
Das wird gewiss eine Freude! Wie aufregend!
PIEP PEEP FIEDEL!

Eigentlich wollte Lilly fragen, ob sie uns begleiten kann?
Klar!
Wer ist dein Date?
Hey, Leute.
Hey ... Cyrus.
Hi.
Danke, dass wir mitkommen dürfen.
Kein Problem.
Was hat er vor?
Hey, Roan, gibst du mir eine von deinen Blumen?
Ähm ...
Danke!
Lust auf Pizza?
Ja.
Ganz ruhig ...
Oh, danke!
Ah, Pizza! Wusstet ihr, dass zum traditionellen Pizzabelag auf Naboo auch ...
Heehee!
... doch andererseits ist Proteinblatt sehr beliebt, wenn man ...
... hab ich gelesen, ist echt gut!
Hast du das Holo ...
Mh-hm!
Will noch jemand ein Stück mit Käse?

Oh, nein! Ich hab mein Geld vergessen!
Schon okay, Roan, ich übernehme das.
Oh, danke ...
Ich bin so satt!
Wir müssen erst in einer Stunde wieder im Wohnheim sein. Was sollen wir unternehmen?
Falls ich etwas vorschlagen dürfte: Von der Tribüne des Fußballfelds hat man einen großartigen Blick auf den Sonnenuntergang.
Aber nach der Schule darf man da nur mit einem Lehrer hin.
Ich nehme an, es wäre erlaubt, wenn ich euch begleite, solange wir anschließend gleich wieder gehen.
Wusstet ihr, dass Lillys Mannschaft die Adega-System-Fußballmeisterschaft gewonnen hat?
Echt?
Unser Team hat's fast mal ins Regionalfinale geschafft!

VIERTAG

Mein erstes offizielles Date mit Gaiana gestern Abend war großartig! Ich habe weder mich noch Gaiana mit irgendwas bekleckert, habe nichts Peinliches gesagt und die Sache nicht versehentlich vermasselt. Gaiana ist lustig und süß und clever. Außerdem ist sie die netteste Person, der ich je begegnet bin. Das einzig Seltsame an unserer Verabredung war, dass Cyrus und Lilly mitgekommen sind. Und Cyrus war superfreundlich! Vielleicht ist er jetzt, wo er mit Meister Yoda arbeitet, ja mehr darauf aus, ein Jedi zu sein statt ein Vollidiot. Oder er reißt sich einfach nur zusammen, weil er noch Bewährung hat. Letztes Jahr tat er auch erst ganz nett und am Ende hat er versucht, mir das Semester zu versauen. Darum bin ich vorsichtig, da es mich nicht überraschen würde, wenn das Ganze irgendwie zu einem Plan gehört, den er mit Cronah ausgeheckt hat.

Cronah scheint in letzter Zeit noch mieser drauf zu sein als sonst – sofern das überhaupt möglich ist. Heute Morgen hat er versucht, mir ein Bein zu stellen, und ständig sagt er fiese Sachen. Vielleicht fängt Cronah ja auch demnächst an, einen auf nett zu machen, so wie Cyrus.

HAST DU DEINEN LICHT-
SCHWERT-KRISTALL
ÜBERPRÜFT?

Vermeide Unfälle!
Vergiss nicht,
den Kristall einmal
im Jahr zu wechseln!

Anzeige

HOLOVERKAUF

JEDI-BASTELGESCHÄFT

- 10 % SCHÜLERRABATT
- SCHÜLERAUSWEIS ERFORDERLICH

W. THX-ALLEE 43 · CORUSCANT

PADAWANE IN DEN NACHRICHTEN

- Jedi-Akademie-Schüler Pasha arbeitete an einem Forschungsbericht seines Vaters mit, erschienen in der neuesten Ausgabe von *Jedi-Archäologie*.

- Austauschschülerin Lilly wurde für ihre Teilnahme am Debattierklub der Jedi-Akademie auf Ossus mit einer Auszeichnung und einem Restaurantgutschein bedacht.

- Ein Steckbrief des Schülerratsvorsitzenden Ronald Rinzler wurde im Coruscant-Senatsmittelungsblatt veröffentlicht.

EWOK-PILOT

Von Roan Novachez

DER PADAWAN-BOTE

AUSG. MXIV Nr. 3

HOLOSUCHE

DU SUCHST NACH … „ROAN NOVACHEZ"
0 ERGEBNISSE GEFUNDEN.
SUCHE ÄNDERN.

MEINST DU VIELLEICHT … „RONTO"?

31.000 ERGEBNISSE GEFUNDEN. [0.35 GALAKTISCHE STANDARDSEKUNDEN]

RONTO

RONTOS SIND KRÄFTIGE, ABER SANFTMÜTIGE LASTTIERE, DIE VON DEN JAWAS VON TATOOINE VORZUGSWEISE VERWENDET WERDEN, UM …

RONTO ZU VERKAUFEN

BETAGTES RONTO. ARBEITET IMMER NOCH HART, IST ABER SEHR, SEHR LANGSAM …

RONTO-ZENTRALE

DEINE ADRESSE FÜR ALLES RUND UM DEIN RONTO …

BILDER ZU … „RONTO"

Hallo, Klasse. Ich bin Gub Vendo, euer heutiger Vertretungslehrer, da sich Meister Yoda mit dem, ähm, Galaktischen Senat trifft.
Also, ähm, ja, nun, schauen wir mal, ähm, tut mir leid, gebt mir ... eine Sekunde ...
Irgendwie finde ich keinen ...
Stundenplan ...
Entschuldigung, Mr. Vendo?
Ja, äh – du da?
Cronah?
Ja, Cronah?
Soll ich Ihnen helfen?
Oh, dank dir, gern!
Soll ich die Klasse vielleicht für Sie unterrichten?
Das wäre mir wirklich eine große Hilfe –
Ähm.
Verzeihung?
Sie haben offensichtlich keine Ahnung, was Sie da tun, oder?
Haha!
Äh ... Keine Ahnung?

DREITAG

Weil Cronah unseren Vertretungslehrer Mr. Vendo gestern so mies behandelt hat, fühlte ich mich richtig schlecht. Nicht bloß, weil das Ganze gemein war, sondern auch, weil ich nichts dagegen unternommen habe. Im ersten Moment sagte keiner von uns etwas, aber dann machten Gaiana und Lilly doch den Mund auf. Gaiana ist bei so was immer gut. Ich wünschte, ich könnte lernen, mich so für andere Leute einzusetzen, wie sie es macht, aber selbst, wenn ich was sagen will, tue ich es doch nicht, und wenn ich schließlich so weit bin, meine Meinung kundzutun, ist es dafür längst zu spät. Dann sind nämlich meist schon Wochen vergangen. Zumindest habe ich Gaiana sofort danach gesagt, dass sie das Richtige getan hat.

Abgesehen davon kümmern wir uns gemeinsam um Voorpee. Der kleine Voorpak ist mir trotz des Dramas letztes Jahr echt ans Herz gewachsen. Und ich bin mir sicher, dass er mich nicht nur wegen der extra Leckerchen mag, die ich ihm gebe.

Wir gehen zum Lernen rüber ins Archiv, Roan. Kommst du mit?
Ja! Mr. G. hat mir eine Tonne Hausaufgaben aufgegeben, die ich noch erledigen muss.
Ich hole nur schnell meinen Rucksack.
Oh, ich dachte, ich hätte ihn da hingelegt ...
Hm. Vielleicht ist er hier ... Nicht?
Ich hatte ihn doch dabei, oder?
Hab ich ihn vielleicht in meinem Zimmer gelassen?
Ähm, ich komme später nach ...
Ok.
Hier ist er auch nicht. Wo kann er nur sein?
Was treibst du so, Roanie? Liebesgedichte schreiben?
IGNORIEREN IGNORIEREN IGNORIEREN IGNORIEREN IGNORIEREN IGNORIEREN IGNORIEREN IGNORIEREN IGNORIEREN IGNORIEREN

SECHSTAG

Irgendwer hat meinen Rucksack geklaut und ich WEISS, dass es CRONAH war! Wäre Hass nicht der Pfad zur dunklen Seite, würde ich sagen, dass ich ihn hasse, aber stattdessen sage ich jetzt, dass ich Cronah echt, echt, echt, echt, echt überhaupt nicht leiden kann. Ich hätte zwar so oder so gewusst, dass er dahintersteckt, aber außerdem sagt er jetzt ständig irgendwelche Sachen, die ganz klar zeigen, dass er etwas damit zu tun hat.

Auch Pasha ist der Meinung, dass höchstwahrscheinlich Cronah meinen Rucksack genommen hat, doch er, Bill und Egon meinten, ich solle mir keine Gedanken machen und sie würden mir bei der Suche helfen. Gaiana und Shi-Fara haben sogar angeboten, dass ich eine von ihren Schultaschen benutzen kann, bis mein Rucksack wiederauftaucht. Freunde zu haben ist wirklich super. Wenigstens war mein Tagebuch nicht in meinem Rucksack – das wäre eine KATASTROPHE gewesen. Besonders, wenn Cronah es gelesen hätte. Natürlich ist die Sache trotzdem irgendwie eine Katastrophe, weil all meine Notizen vom Raumjäger-Training und mein Arbeitsbuch im Rucksack waren. Ich werde extra hart arbeiten müssen, um das alles aufzuholen. Ich weiß, dass Mr. G. deswegen NULL Mitgefühl mit mir haben wird.

Heute Gammy wird kochen. Wie man Essen zubereitet mit der Macht, ihr lernen werdet.
Hurgh!
URN MRGHH ERF!
Hast du kapiert, was wir kochen sollen?
Nö ...
... aber spielt das bei Gammys Essensgeschmack überhaupt 'ne Rolle?
Gutes Argument.
So schwer ist das nicht.
Kann ich das Salz haben?
Klar.
Okay, mal probieren.
Wie kommt da so viel Zitrone rein?
Igitt!
Scheint, als wärst du ziemlich sauer darüber, wie's schmeckt, Roan.
Er sieht aus wie Yoda.

Ich weiß, dass Cronah meinen Rucksack geklaut hat.
Hmmm ... Er hat doch bestimmt inzwischen eine andere Spindkombination als letztes Jahr, oder?
Aha!
KLICK!
Riecht nach alten Socken! Schauen wir mal .. würg, alles klebt ...
Ich find ihn nicht ...
ROAN NOVACHEZ! WAS TREIBST DU DA? IST DAS DEIN SCHRANK?
Oh, oh!
Ähm, nein, der von Cronah. Ich glaube, er hat meinen Rucksack gestohlen, und da ...
DU MUSST LERNEN, AUF DEINE SACHEN AUFZUPASSEN, ROAN.
UND DU MUSST LERNEN, DIE FINGER VOM EIGENTUM ANDERER ZU LASSEN! ICH DENKE, HIER IST NACHSITZEN ANGEBRACHT.
Aber ...
HMPF.

ZWEITAG

Tja, mein Rucksack wurde gefunden. Zum Glück war noch alles drin! LEIDER hat derjenige, der ihn geklaut hat, ihn mit Essensresten aus der Kantine gefüllt und ihn da unter einem Tisch liegen lassen. Für einen Moment war ich ziemlich aufgeregt, weil ich erfahren habe, dass es eine Machtfähigkeit gibt, mit der man die Geschichte eines Gegenstands erspüren kann, und Silva konzentriert sich bei seinem Individualtraining darauf, ein Detektiv zu werden. Allerdings konnte er nicht feststellen, wer den Rucksack genommen hat, weil der Rucksack einfach zu versifft war.

Es war echt dämlich von mir, all meine Raumpiloten-Hausaufgaben nicht längst noch mal gemacht zu haben. Ich habe mir damit ganz schön Zeit gelassen, weil ich gehofft habe, dass sie noch da sind, wenn mein Rucksack wieder-auftaucht. Ich bin immer noch sicher, dass Cronah dahintersteckt, aber vielleicht hatte er ja Komplizen ...

Die üblichen Verdächtigen

ICH GLAUBE, ICH WEISS JETZT, WAS DIE BESTE STRAFE DAFÜR IST, DASS DU DIE SCHRÄNKE ANDERER SCHÜLER DURCHWÜHLST,
RORAN.
Ich dachte, Nachsitzen wäre die angemessene Strafe!
Es war nur ein einziger Spind!
HMPF. KOMM MIT.
Wo gehen wir hin?
DU WIRST LERNEN, AUF ETWAS AUFZUPASSEN – AN EINEM RICHTIGEN JEDI-RAUMJÄGER!
Ist dies eine dieser Lektionen, bei denen ich tatsächlich bekomme, was ich ohnehin wollte?
Was?
Fliegen wir jetzt?
HMPF. DU HAST DA EINEN FLECK ÜBERSEHEN.

FÜNFTAG

Es ist schon schwer genug, meine ganzen Schulaufgaben zu erledigen, ohne dass andere Leute mich darum bitten, irgendwas für sie zu übernehmen. Keine Ahnung, warum Ronald ständig versucht, MICH dazu zu bringen, seine ganzen Hausarbeiten für ihn zu machen. Mit seinem kaminoanischen Jedi-Mentor konzentriert er sich auf die Politik, und er bat mich, einen Aufsatz zu illustrieren, an dem er gerade sitzt. Ich sagte ihm, dass ich dafür keine Zeit habe, und Ronald war verärgert und murmelte irgendwas von wegen, dass ich für Illustrationen für Gaiana sehr wohl Zeit hätte. Allerdings war Gaiana auch noch nie fies zu mir. Außerdem hat sie mir in Mathe geholfen. Und ... ich mag sie. Keine Ahnung, warum Ronalds Jedi-Mentor zulässt, dass er die Arbeit anderer für seine eigene ausgibt. Man sagt, Kaminoaner sind Experten im Klonen; vielleicht sollte Ronald sich einfach selbst klonen, dann würde er das Doppelte schaffen. Oder er könnte gleich doppelt so viele Leute in die Pfanne hauen. Ich fänd es toll, einen Klon zu haben. Dann könnte Mr. G. fies zu dem Klon sein statt zu mir ...

JEDI-MENTOREN IM RAMPENLICHT Nr. 3

Da jeder Padawan mit seinem eigenen Mentor lernt, hat die Jedi-Akademie eine ganze Reihe neuer Jedi-Gastlehrer bekommen. In dieser Ausgabe setzen wir unsere Reihe zu diesem Thema fort und stellen den Lesern zwei weitere unserer Gastdozenten vor.

NORI HA ist ein kaminoanischer Jedi, dessen Fachwissen in Biologie und Genetik im Jedi-Orden seinesgleichen sucht. Außerdem verfasst Nori die beliebte Manieren-Ratschlagkolumne „Jedikette“.

GUB VENDO ist ein aqualishanischer Jedi-Ritter, der zum ersten Mal unterrichtet und allgemein bekannt für seine Lichtschwert-Kampftechniken für Verletzte ist. Da Vendo als Kind recht tollpatschig war, widmet er sein Leben der vollkommenen, anmutigen Bewegung.

EWOK-PILOT

Von Roan Novachez

DER PADAWAN-BOTE AUSG. MXIV Nr. 5

Hey!
AAAAUUUUAAA!
Auuuaaa!
Au-auau!
Ohhhh!
Sie hat dich nicht mal berührt, Cronah.
Genau.
Aua!
Freistoß!
Dir ist schon klar, dass du kein Schiedsrichter bist, oder, Ronald?
Freistoß! Super!
Ich dachte, du bist verletzt!
Ich heile schnell.

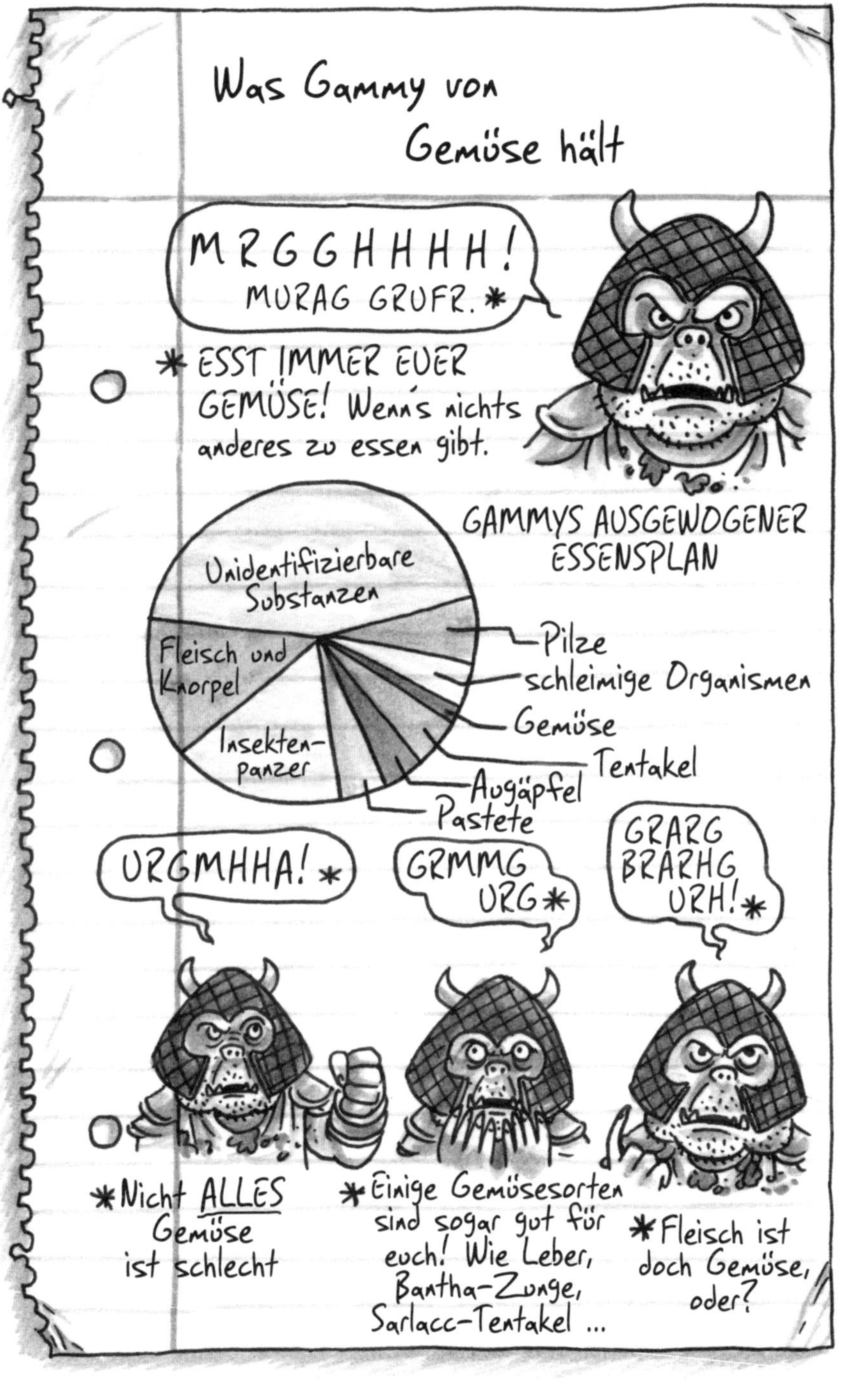
Was Gammy von Gemüse hält
MRGGHHHH! MURAG GRUFR.*
* ESST IMMER EUER GEMÜSE! Wenn's nichts anderes zu essen gibt.
GAMMYS AUSGEWOGENER ESSENSPLAN
Unidentifizierbare Substanzen
Fleisch und Knorpel
Insekten-panzer
Pilze
schleimige Organismen
Gemüse
Tentakel
Augäpfel
Pastete
URGMHHA! *
GRMMG URG*
GRARG BRARHG URH!*
*Nicht ALLES Gemüse ist schlecht
*Einige Gemüsesorten sind sogar gut für euch! Wie Leber, Bantha-Zunge, Sarlacc-Tentakel ...
*Fleisch ist doch Gemüse, oder?

Sachen, die Jedi-Gastmentoren diese Woche gesagt haben

Roan, wollen wir zusammen einen Comic zeichnen?
Ja
Hey! Da gibt´s ja nur ein „JA"-Kästchen! Und es ist schon angekreuzt!
Ja! Du fängst an!
Hallo, kleiner Droide! Wie geht´s?
Willst du Sando-Aquamonster sehen?
Piep!
Okidoki!
PIEEEP PIEP PIEEP!
PIEEP BEEEP PEE PLIP!
HAPPS!
RÜLPS!
Ich hab einen Roboterfisch gefangen?!
PIEP PEE PIEEP!
Von Roan und Gaiana

In der heutigen Diskussion sprechen sich Ronald und Lilly für Siedlungen der Handelsföderation auf dem Mond von Endor aus, während Roan und Bill dafür sind, die Ewoks in Ruhe zu lassen.
Wie ihr aus den Comics unseres Mitschülers Roan wisst, sind Ewoks eine primitive Spezies, die von neuer Technologie profitieren könnte.
Davon würde zweifellos vor allem die Handelsföderation profitieren, nicht die Ewoks, die genauso ausgebeutet werden würden wie ihre natürlichen Ressourcen.
Schon komisch, dass ausgerechnet du von der Ausbeutung von Ewoks sprichst, Roan, wenn man bedenkt, wie viel es dir einbringt, sie zu zeichnen.
Ich verkaufe meine Mini-Comics für weniger als den Herstellungspreis!
Ähm, ich glaube, unterm Strich muss es natürlich auch der Handelsföderation irgendwelche Vorteile bringen, den Endor-Mond für die Ewoks zu einem besseren Ort zu machen.

„Natur" ist genau das Wort, das wir dabei nicht vergessen sollten. Die Kultur der Ewoks würde dabei ebenso zerstört werden wie ihr Ökosystem.
Apropos Ewok-Kultur: Bill, mir ist aufgefallen, dass du als DJ gerne Ewok-Beats kopierst.
Das nennt man remixen!
Was hat Bills Musik mit Endor zu tun?
Ihr beide nutzt die Ewoks ebenfalls aus.
Tatsache ist, dass die Handelsföderation die Ewok-Gesellschaft stärken und in ein neues Goldenes Zeitalter führen wird!
Klatsch Klatsch Klatsch Klatsch Klatsch Klatsch Klatsch Klatsch
Ich denke, die stehenden Ovationen zeigen, dass ich hier der klare Sieger bin, Roan.
Da klatscht nur einer.
Aber das im Stehen.
Klatsch Klatsch Klatsch Klatsch Klatsch

SECHSTAG

Irgendwie hat die Klasse so abgestimmt, dass Ronalds Team bei unserer Diskussion gewonnen hat (mit <u>EINER</u> Stimme Mehrheit), und das, obwohl das, was er sagte, OFFENSICHTLICH falsch war. Es kam einem nicht einmal wie eine richtige Diskussion vor, da Ronald uns die meiste Zeit ~~unterprach~~ unterbrach, um irgendwas Persönliches zu sagen, das überhaupt nichts mit den Ewoks und der Handelsföderation zu tun hatte. Am Ende vergeudeten Bill und ich unsere Redezeit damit, auf Ronalds Aussagen zu reagieren, anstatt unsere eigenen Argumente vorzutragen. Das hätten wir besser machen können.

Lilly war mit Ronalds Verhalten allerdings auch nicht einverstanden. Sie hat sich hinterher bei uns für das entschuldigt, was Ronald gesagt hat, und dafür, dass sie ihm nicht stärker die Meinung gegeigt hat.

Es hat sie echt gewurmt, dass sie nicht mehr sagen konnte, um die Diskussion dadurch zu gewinnen, tatsächlich … zu diskutieren.

Armer Roan ... Hast du immer noch keinen neuen Rucksack?
Keine Zeit. Ich muss immer noch Hausaufgaben nacharbeiten.
Darum haben wir dir einen neuen besorgt!
In Neongrün!
In Form eines Ewok-Babys!
Weil du Ewoks doch so magst.
Oh, ja ... Das ist ... klasse. Äh, danke, Leute.
Vielleicht ein bisschen klein ...
Gefällt er dir nicht?
Doch, ich, ähm, liebe ihn! Der ist toll!
Heh.
War nur Spaß, Roan! Hier ist der Rucksack, den wir in Wahrheit für dich besorgt haben!
Ihr seid echt gemein. Aber auch die Besten!
Wir dachten, den anderen kannst du Ollie schenken.

HOLOMAIL

VON: MR_GARFIELD_DER_6TE
AN: PADAWAN-KLASSE
BETREFF: OSSUS-SCHÜLERBESUCH!

OPTIONEN
- ANTWORTEN
- WEITERLEITEN
- DRUCKEN
- AUF HOLOBUCH POSTEN

ACHTUNG, AN ALLE SCHÜLER DER CORUSCANT-JEDI-AKADEMIE!

IN DIESER WOCHE BESUCHEN SCHÜLER VON DER JEDI-AKADEMIE AUF OSSUS, DIE AM SCHÜLERAUSTAUSCHPROGRAMM TEILNEHMEN, UNSERE SCHULE! DA LILLY DIESE SCHÜLER BEREITS KENNT, WIRD SIE SIE AUF DEM CAMPUS HERUMFÜHREN, DOCH WIR ERWARTEN, DASS ALLE SCHÜLER UNSERE GÄSTE WÄHREND IHRES BESUCHS MIT AUFMERKSAMKEIT UND INTERESSE BEGEGNEN!

IHR REPRÄSENTIERT UNSERE SCHULE, ALSO BRINGT MICH LIEBER NICHT DAZU, MIR NEUE MITTEL UND WEGE EINFALLEN ZU LASSEN, UM EUCH DAZU ZU BRINGEN, EUCH RESPEKTVOLL ZU BETRAGEN, ANDERNFALLS WIRD EUER VERSAGEN VOLLKOMMEN SEIN! UND DASS MIR KEINE BESCHWERDEN ZU OHREN KOMMEN! HMPF!

Hey, Leute, meine Freunde sind hier. Kommt und begrüßt sie!
Sie sind ziemlich aufgeregt. Ich hab ihnen alles über euch erzählt!
Das sind meine Freunde.
Leo –
Plitch –
Shari –
Was geht.
Moin.
... und Ruki.
Wow.
Hi!
Fällt dir an denen was auf?
Ja, die sind wie richtig coole Versionen von uns!
Total.

Hey, Lilly! Du kannst mit deinen Freunden bei uns sitzen.
Danke, Gaiana.
Seid ihr alle Vegetarier?
So ziemlich.
Warum?
Ich esse kein Fleisch, weil ich Tiere liebe.
Mein Körper kann nur pflanzliche Nahrung verdauen.
Die Landschaft auf meinem Planeten bietet Schlachtvieh nicht genügend zum Fressen.
Bill, du bist jetzt doch auch Vegetarier, oder?
Etwa, weil das Kochen so schneller geht?
Nein, weil Gammys vegetarische Gerichte besser schmecken als die Zungen- und Augäpfel-Fleischspeisen.
Schmeckt das Zeug?
Unwesentlich.

SIEBENTAG

Anfangs waren wir alle eingeschüchtert von den Kids von Ossus. Wir haben Fußball gespielt, und sie waren alle super. Einige von denen sind sogar noch besser als Lilly! Dann nahmen sie an unserem Mathe-Unterricht teil, und ~~offenzi~~ offensichtlich sind sie schon viel weiter als wir, da sie bereits alle Gleichungen kannten, an denen wir gerade arbeiten. Sie haben daraus allerdings keine große Sache gemacht, und wir haben außerdem erkannt, dass es einige Dinge gibt, die wir besser können. In kreativem Schreiben haben wir Gedichte verfasst, und sogar sie selbst wussten, dass einiges von dem, das sie verbrochen haben, richtig schlecht war. Cronah versuchte, sie ins Lächerliche zu ziehen, doch sie haben einfach nur mit ihm gelacht. Das ist das Coolste an ihnen! Sie wissen, dass sie nicht die Besten in allem sind, machen sich deshalb aber keinen Kopf. Sie ~~kontsen~~ konzentrieren sich einfach auf das, was sie gut können. Und sie ziehen an einem Strang, statt zu versuchen, einander in irgendwas zu übertrumpfen.

DAS BESUCHSSEMESTER GEHT ZU ENDE

Letzte Woche herrschte auf der Jedi-Akademie sogar noch mehr Trubel als gewöhnlich, da Schüler vom Ossus-Campus unsere Schule besuchten, in der es momentan bereits vor Jedi-Gastprofessoren nur so wimmelt. Zum Glück kamen lange Schlangen vor den Waschräumen nur selten vor, und das größte Problem schien zu sein, dass Jedi und Padawane einander auf die Roben traten. Meister Yoda war mit dem Verlauf des Besuchs sehr zufrieden und erklärte: „Je mehr, desto besser! Hehe!“

Mr. Garfield hingegen war weniger begeistert: „Hmpf, haben wir nicht schon genügend Kids hier, die uns auf die Nerven gehen?“, fragte er Meister Yoda. „Harumpf“, fügte er hinzu, sobald die Besucher fort waren.

EWOK-PILOT

Von Roan Novachez

DER PADAWAN-BOTE AUSG. MXIV Nr. 7

Hast du neue Klamotten, Bill?
Oh, ja.
Ich hab was von Gammys Essen auf meine alten Sachen gekleckert und die Flecken nicht wieder rausgekriegt.
Hey, Leute.
Coole neue Klamotten, Egon!
Das hier? Oh, ja, in meinem alten Gewand war ein großes Loch.
Hey, Leute!
Neue Klamotten?
Ja, meine Mom hat sie mir gerade geschickt …
Wie ich sehe, tragt ihr alle Roben im Ossus-Stil. Ich auch!
Sind wir nicht cool?
Ich zieh mich schnell um.
Ich mich auch.
Jepp.

Hey, Roan.
Was ist, Ronald?
Lass mich mal deine Antworten für den Jedi-Gedankentricks-Hausaufgabentest sehen.
Nein.
Ich will nur vergleichen ...
Nein, Ronald.
Zeig mir deine Antworten für den Hausaufgabentest.
Versuchst du einen Jedi-Gedankentrick bei mir?
Ähm, nö ... Aber du ZEIGST mir jetzt deine Antworten des Hausaufgabentests!
Du brauchst meine Antworten des Hausaufgabentests nicht zu sehen.
Ich brauche deine Antworten des Hausaufgabentests nicht zu sehen.
Hey! Was findet ihr zwei so lustig?

VIERTAG

Bislang war dieses Jahr echt großartig. Könnte sein, dass Gaiana tatsächlich meine Freundin ist! Pasha hat mich ausgelacht, als wir uns unterhielten und ich meinte, ich sei mir nicht sicher, ob Gaiana und ich tatsächlich miteinander gehen oder einfach bloß gute Freunde sind, die zusammen abhängen. Er und Bill zählten all die Dinge auf, die Gaiana und ich miteinander machen, und da kam ich mir ein bisschen blöd vor, weil mir das selbst vorher gar nicht so klar war.

1. Händchen halten

2. Blaue Milchshakes teilen

3. Einander stundenlang angucken

4. Praktisch alles zusammen machen

Trotzdem bin ich nervös, denn immer, wenn ich denke, dass alles super läuft, vermassle ich´s für gewöhnlich irgendwie. Selbst, wenn ich versuche, alles richtig zu machen, vermurkse ich´s, oder jemand anderes (wie CRONAH) durchkreuzt meine Pläne. In jedem meiner Jahre an der Jedi-Akademie ist bislang irgendwas total schiefgegangen! In diesem Jahr wird das vermutlich mein Einzelunterricht mit Mr. G. sein. Gestern hat er mir irgendwas darüber beigebracht, wie man bestimmte Kabel miteinander verbindet, aber als ich das dann tat, gab es ein lautes „BUMM", und alle Lichter gingen aus. Ich jage also auch jedes Schuljahr irgendwas in die Luft.

ARC-170
ERHEITS-
ISUNGEN
Hey, Ro!
Schön zu hören, dass du mit Gaiana abhängst. Ich freue mich für dich! Ich weiß, dass Mr. G. dir nach wie vor das Leben schwer macht, darum schicke ich dir hiermit die Sicherheitsanweisungen für einen ARC-170, in der Hoffnung, dass dir das bei deinen Lektionen hilft. Schreib zurück, wenn du gerade nicht mit deiner FREUNDIN beschäftigt bist!
– Dav
ZIEH
E SCHNALLEN
FEST A
ALL EINES ABSTURZES.
WIRST DU INS ALL HINAUSGESCHOSSEN, IST ES WICHTIG, NICHT ZU SCHREIEN. ES WIRD DICH OHNEHIN NIEMAND HÖREN, UND IM WELTALL KANNST DU NICHT ATMEN.
RICHTIG
FALSCH

Hey, Roan. Ich treffe mich gleich mit Shi-Fara.
Ich begleite dich.
Sie ist gerade beim Fokustraining mit Meister M´Ba-Tee.
Worauf liegt denn ihr Fokus?
Auf Multitasking.
Hi, Pasha! Hi, Roan! Ich bin in ein paar Minuten fertig.
Piew! Piew!
Weißt du schon, worauf du deinen Schwerpunkt bei der Individualausbildung legen willst?
Noch nicht.
Direktor Mar meinte, ich sollte darüber meditieren.
Vielleicht könnte das ja dein Schwerpunkt sein: Meditation.
Hmmmm ...
Was macht Pasha da?
Seine Hausaufgaben.

Ratschläge von T-P3O und RW-22, die sich möglicherweise als hilfreich erweisen (vielleicht aber auch nicht)

*Es sei denn, man wurde falsch programmiert

*Man sollte sich keine Gedanken um Funktionen machen, die man gar nicht hat. Es sei denn, man findet eine Möglichkeit, sich diese Funktionen anzueignen. In meinen Füßen sind Raketenbooster eingebaut.

JEDI-AKADEMIE TALENTWETTBEWERB

DIE VORBEREITUNGEN LAUFEN! WAS IST DEIN VERBORGENES TALENT? TEILE DEINE BESONDEREN FÄHIGKEITEN BEIM TALENTWETTBEWERB DER JEDI-AKADEMIE MIT DEINEN PADAWAN-KAMERADEN!

- NUTZT DIE MACHT [WENN IHR WOLLT].
- EUER AUFTRITT SOLLTE MAXIMAL FÜNF MINUTEN DAUERN. WENN IHR DANN NOCH NICHT FERTIG SEID, SETZT LAUTE, NERVTÖTENDE MUSIK EIN, BIS IHR DIE BÜHNE VERLASST.
- BITTE KEIN RAUCH, FEUER ODER PYROTECHNIK.
- HABT SPASS UND SCHERT EUCH NICHT DARUM, EUCH LÄCHERLICH ZU MACHEN! *
- INTERESSIERTE WENDEN SICH BITTE BALDMÖGLICHST AN BILL.
- 1. PREIS: DIE NACHBILDUNG EINES ORIGINAL-JEDI-MEDAILLONS, ÜBERREICHT VON RONALD RINZLER, PRÄSIDENT DES SCHÜLERRATES UND MODERATOR DES WETTBEWERBS

* DURCH EURE TEILNAHME AN DIESEM TALENTWETTBEWERB WILLIGT IHR EIN, DASS EUER AUFTRITT HOLOAUFGEZEICHNET UND AUF HOLOBUCH GEPOSTET WIRD.

EINTAG

Ich weiß, dass Jedi auf alle möglichen Situationen vorbereitet sein müssen, aber wie oft kommt es vor, dass uns zwei Meter zwanzig große Wookiees auf Lichtschwerter schwingende Gegner schleudern? Denn genau das war heute im Unterricht dran.

Das Komische ist: Auch wenn sich das Ganze total VERRÜCKT anhört (okay, es IST total verrückt), als wir die Übung heute gemacht haben, kam uns dabei unsere gesamte Jedi-Ausbildung zugute. Mal abgesehen von Greer wurde nicht einmal jemand verletzt. Das mit Greer passierte allerdings schon beim Aufwärmen, darum zählt das nicht. Außerdem mussten wir extra hart trainieren,

weil wir einen Übernachtungsausflug machen und deshalb einige Tage lang keinen regulären Unterricht haben. Der Besuch der Schüler von Ossus hat Meister Yoda auf diese Idee gebracht, und er will, dass wir uns 'ne Weile im Zentrum von Coruscant rumtreiben, auch wenn ich wetten könnte, dass sich das in Wahrheit die Jedi-Gastmentoren ausgedacht haben, die ein Päuschen vom normalen Schulalltag einlegen wollen.

Ihr könnt euch den Rest des Tages auf eigene Faust umsehen, aber bleibt bei den euch zugewiesenen Gruppen! Wir treffen uns um 1800 im Hotel.
In welcher Gruppe bist du?
Drei.
Ich bin in zwei.
Gruppe zwei? Hey, Roan, wie in alten Zeiten!
Echt?
Wo sollen wir hingehen?
Zum Galaktischen Museum geht's da lang.
Ugh, nee. Das ist LANGWEILIG.
Seht! Da drüben drehen sie was für die Holonetz-News.
Dann wollen wir mal in die Nachrichten!
Kommt schon, Jungs.
Hier lang.

Lasst uns in ein paar Läden Ärger machen.
Nein, gehen wir lieber zurück. Wir dürfen uns nicht so weit vom Hotel entfernen.
Aber du musst bei deiner Gruppe bleiben, Roan.
Hast du Schiss, Probleme zu kriegen? Oder einfach nur Schiss?
HMPF.
Pssst!
Das war Mr. G.!
Du hast solche Angst, dass du dir Dinge einbildest!
Nein, ich kenne dieses „Hmpf"! Versteckt euch!
HMPF.
Das IST Mr. G.!
Pssst!
Er kommt in diese Richtung!
SPACE JUNK
Darf ... nicht ... atmen ...
Puh!
Du machst dir zu viele Sorgen, Roan.
Können wir jetzt gehen?
Willst du denn nichts kaufen? Solchen Schrott habt ihr doch auch zu Hause, oder?

SECHSTAG

Der gestrige Tag war ziemlich bescheiden, da ich die ganze Zeit Cronah an der Backe hatte und deshalb nicht dazu kam, mir irgendwelche Notizen zu machen, die ich mir eigentlich machen sollte. Wir haben nicht mal irgendwas Interessantes unternommen, aber Cronah tat trotzdem so, als sei er der coolste Typ der Galaxis. Pasha und Gaiana sind allerdings noch viel cooler, und die brauchen nicht so zu tun, als ob. Vielleicht sind die beiden genau deshalb cooler, weil sie nicht erst VERSUCHEN müssen, cool zu sein? Ich selbst gebe nach wie vor mein Bestes, um cool zu wirken, da ich mir jedes Mal, wenn ich mich bemühe, einfach nur ich selbst zu sein, wie ein völliger Idiot vorkomme. Ich sollte wohl besser auf Meister Yoda hören und es nicht bloß versuchen, sondern tun. Heute haben wir die Gruppen gewechselt, und ich kam mit Pasha, Gaiana und Tegan zusammen. Wir gingen nach KoKoTown, was sich nach einem Kinderspielplatz anhört, doch in Wahrheit ist das der Kollektivkommerz-Distrikt. Hier gibt es jede Menge „exklusiver" Geschäfte, die Sachen verkaufen, die man in anderen Läden viel günstiger kriegt. Außerdem sind Themenrestaurants hier total angesagt, darum haben wir uns einen Spaß daraus gemacht, so viele davon zu besuchen, wie irgend möglich. Als wir zum dritten kamen, haben wir jedoch aufgegeben, weil alle pappsatt waren. Es ist viel lustiger, mit einer Gruppe unterwegs zu sein, die sich wie ein Team verhält.

Raumschiff-Themenlokal Ewok-Themenlokal Hutt-Themenlokal

Upps!
Hey!
Achtung!
Sorry, Roan!
STRAMPEL! STRAMPEL!
SCHNACK!
Ich hab echt genug von Cronah. Ich sollte irgendwas unternehmen.
Ich krieg ihn schon. Ich krieg ihn ...
Hehe!
Zurückhaltung du zeigst, hm? Dich deiner Wut hingeben du tust nicht. Wie ein Jedi du reagierst!
Danke, Meister Yoda!
Heh!

Hör auf, bei mir abzuschreiben, Ronald!
Sei nicht albern. Ich schreibe nicht bei dir ab. Sieh selbst!
Und ob du abschreibst! Das ist Wort für Wort genau meine Prüfungsantwort!
Dann solltest du deine Antwort vielleicht lieber ändern.
Vielleicht sollte ich Meister Yoda lieber sagen, dass du schummelst.
Du meinst, du willst ihm sagen, dass DU schummelst?
Häh?
Ich habe den Beweis direkt hier: diese Holoaufnahme.
Hm, sieht aus, als würdest du bei mir abschreiben, Roan.

DREITAG

Nun haben es nicht nur Cronah und Mr. G. auf mich abgesehen – jetzt fängt auch Ronald an, mir noch mehr auf die Nerven zu gehen als ohnehin schon. Das Schlimmste ist die Art und Weise, wie er schummelt. Er macht es einem praktisch unmöglich, ihm irgendwas nachzuweisen und ihm einen Denkzettel zu verpassen. Er ist ein echter Schleimbolzen. Na ja, vielleicht ist er kein richtiger Schleimbolzen, aber ich habe trotzdem jedes Mal den Wunsch, mir die Hände zu waschen, wenn er mit mir redet. Selbst, wenn er rüberkommt, als sei er ganz in Ordnung, ist er irgendwie schmierig. Er hat sich bei mir dafür entschuldigt, dass er bei mir abgeschrieben hat (was allerdings nicht zum ersten Mal vorgekommen ist). Er meinte, er würde versuchen, besser zu werden, aber das sei echt schwer, wenn alle anderen so viel klüger sind als er. Er sucht einfach nach Möglichkeiten, damit er nicht so hart arbeiten und so viel lernen muss. Ich glaube, tief im Innern glaubt er, er sei derjenige, der cleverer ist als alle anderen. Wenigstens ist er nicht so ein Idiot wie Cronah ...

Was treibt ihr so?
Wir trainieren Voorpee für den Talentwettbewerb.
Schau.
Los geht's, Voorpee!
MAMPF!
Cool!
Was führst du bei dem Talentwettbewerb. vor, Silva?
Ähm, keine Ahnung.
Ich weiß, was du machen könntest ...
Bereit?
Das wird richtig super, oder?
Ich weiß nicht so recht ...
KRACH!
Uff!
Vielleicht auch nicht ...

Das war's für heute, Voorpee. Wir sehen uns morgen.
Roan! Kümmerst du dich um Voorpee?
Ja. Warum?
Ich hab ihn gerade im Chemielabor gesehen!
Voorpee! Wie bist du rausgekommen?
Zurück in deinen Käfig!
Roan! Ich habe Voorpee gerade in der Kantine gesehen!
Häh?
Okay, alles abgeschlossen. Bleib ja hier, Voorpee!
Roan! Hast du Voorpee auf dem Fußballplatz vergessen?
Wie konnte Voorpee so schnell so weit kommen?! Das ist unmöglich!
Ich hab ihn doch GERADE erst in seinen Käfig gesetzt!
Und der war doppelt verschlossen!
Hey, Roan, Voorpee läuft in der Sporthalle rum. Fang ihn lieber ein.

DREITAG

Cronahs neuester Streich ist der Schlimmste bislang! Er hat Voorpee immer wieder aus seinem Käfig geholt und ihn überall freigelassen. Darum habe ich den halben Tag damit verbracht, Voorpee zu suchen. Ich habe keine Ahnung, wie Cronah das gemacht hat. Vielleicht ist er tatsächlich cleverer geworden. Oder irgendwer hilft ihm. Normalerweise würde ich davon ausgehen, dass Cyrus bei Cronahs Streichen mitmischt, aber Cyrus verhält sich dieses Jahr ganz anders als im letzten. Vielleicht tut er auch bloß so, als ob er nett wäre, damit Lilly ihn mag. Sie hat offenbar nicht die geringste Ahnung, wie fies er sein kann. Es sei denn, das Ganze ist nicht bloß Theater, und Cyrus hat tatsächlich auf die helle Seite der Macht zurückgefunden! Ich habe versucht, mit Meister Yoda über Cronah zu sprechen, aber Meister Yoda war zu sehr damit beschäftigt, Cyrus zu trainieren. Und selbst, wenn ich der Meinung wäre, dass es irgendwas bringen würde, könnte ich nicht mit Mr. G. darüber reden, weil Ronald fast eine Stunde lang mit ihm gequatscht hat. Na ja, eigentlich hat Ronald Mr. G. eher vollgequatscht, denn alles, was ich Mr. G. sagen hörte, war: „Hmpf."

Als ich schließlich doch mit ihm redete, hielt Mr. G. mir einen Vortrag darüber, dass er eigentlich erwartet hatte, dass ich dieses Jahr besser auf Voorpee aufpassen würde, und meine Erklärung, was passiert ist, wollte er nicht einmal hören. Das Frustrierende daran ist, dass ich mich bereits selbst genug unter Druck setze, was meine Erwartungen an mich betrifft, und dass Mr. G. mich jetzt auch noch ins Gebet nimmt, kann ich echt nicht gebrauchen. Ich will in diesem Schuljahr unbedingt besser sein als in den letzten, aber als ich noch neu hier war und alle davon ~~ausgien~~ ausgingen, dass ich es sowieso vermassle, war irgendwie alles einfacher. Na ja, nicht alle gingen davon aus, denn Pasha und Gaiana haben mich von Anfang an unterstützt und an mich geglaubt. Die beiden waren mir immer eine große Hilfe. Ich habe riesiges Glück, solche Freunde zu haben, denn ohne sie würde ich vermutlich tatsächlich scheitern. Jetzt kommt es irgendwie nur noch darauf an, sich damit abzufinden, Mr. G. als Lehrer zu haben.

HOLOCHAT - ROAN PILOT17.. BIGDAVN
HEY, DAV, WIE STEHT´S?
GUT, RO. WIE LÄUFT´S AUF DER AKADEMIE FÜR MACHT-BEGABTE KIDS?
EIGENTLICH ALLES OKAY. ICH MACHE MIR NUR STÄNDIG GEDANKEN ...
WARUM? WERDEN DEINE NOTEN SCHLECHTER?
NEIN, SOGAR BEI MEINEM INDIVIDUALUNTERRICHT MIT MR. G. STEHE ICH GANZ GUT DA.
GEHT´S UM GAIANA? SIE HAT DICH DOCH NICHT ETWA SCHON ABSERVIERT, ODER?
WAS? NEIN, MIT IHR LÄUFT ALLES SUPER. [UND WARUM SOLLTE SIE MICH ABSERVIEREN??]
WORUM SORGST DU DICH DANN? HABEN ES CRONAH UND CYRUS IMMER NOCH AUF DICH ABGESEHEN?
CRONAH JA. BEI CYRUS BIN ICH MIR NICHT SO SICHER.
DA HAST DU´S! WAS DU DA FÜHLST, IST BLOSS DIE NORMALE AUFREGUNG, DIE DAS AUFWACHSEN SO MIT SICH BRINGT.
DANN HAST DU DICH ALSO AUCH SCHON SO GEFÜHLT?
ICH? NATÜRLICH NICHT. ABER ICH BIN JA AUCH WAS BESONDERES. DU BIST STINKNORMAL.

Roan, es war nett von dir und deinen Freunden, Ollie den Rucksack zu schicken. Er nimmt ihn sogar mit ins Bett!
Küsse, Mom
ROAN
CH LIEB
MEIN RUKSAK
DANK DIR
ICH TU MEINE BÜCHA REIN

TALENTWETTBEWERB DER JEDI-AKADEMIE AUFTRITTSREIHENFOLGE

- BITTE MERKT EUCH, NACH WELCHER NUMMER IHR DRAN SEID. MACHT EUCH BEREIT, ANZUFANGEN, SOBALD DIE DARBIETUNG VOR EUCH AUF DER BÜHNE IST. VERGESST NICHT, DASS ALLE AUFTRITTE NUR FÜNF MINUTEN ODER WENIGER DAUERN DÜRFEN.
- BITTE HALTET DIESES INFORMATIONSBLATT GRIFFBEREIT, FALLS IHR IRGENDWAS NACHGUCKEN MÜSST.

01. ERÖFFNUNGSREDE: RONALD RINZLER ← Hoffentlich redet er keine 5 Minuten lang!

02. JO-AHN: SCHATTEN-HANDPUPPEN

03. SHI-FARA: JO-JO-TRICKS

04. TEGAN UND BILL: MUSIK- UND TANZ-NUMMER

05. ROAN UND GAINA: VOORPAK-KUNSTSTÜCKE

↑ Uff, falsch geschrieben, von wem auch immer. Es heißt Gaiana.

06. CYRUS: HULA-HOOP ← Was?

07. MARY: SPONTANDICHTEN ← Was?!!

08. CRONAH: STAND-UP-COMEDY-NUMMER

↑ Ist es auch Comedy, wenn außer Cronah keiner lacht?

09. PAUSE

Als Nächstes haben wir Tegan und Bill mit einer Musik- und Tanz-Nummer.
Bist du nervös?
Nein.
Ich hab Voorpee gefragt.
Meep!
War nur Spaß.
Bist du nervös?
Ja, aber ich tu so, als wär ich's nicht.
KLATSCH KLATSCH KLATSCH KLATSCH KLATSCH KLATSCH KLATSCH KLATSCH KLATSCH KLATSCH KLATSCH KLATSCH
Das ist unser Zeichen!
Nun eine Darbietung von Roan, Gaiana und ihrem trainierten Voorpak Voorpee.

Also, los, Voorpee ... Spring!
Roan, was treibst du da?
Keine Ahnung! Voorpee gehorcht nicht ...
Uuuuunnnd ... spring!
Versuchen wir was anderes ...
Okay, Voorpee, roll dich!
Aaahh! Roan!
Hop!
Oh!
Er pinkelt mich an!
Haha! Das war's für Roan und Gaiana, hehe ...
Als nächsten sehen wir Cyrus mit seinen Hula-Hoops!
Das war eine BLAMAGE!!

Tut mir leid, Gaiana! Keine Ahnung, was mit Voorpee los ist.
Hier, nimm du ihn! Ich hab mich noch nie so blamiert ...
Und das vor der ganzen Schule ...
Geht's dir gut, Voorpee? Was ist los?
Mer?
HEY!
Noch ein Voorpee?!
KRACH!
AUA!!
Oh, nein!
Moment!
Da können keine ZWEI Voorpees sein!
Igitt! Voorpee läuft hier frei rum!
Roan, fang deinen Voorpak ein!

KREISCH!
Er ist auf meinem Kopf! ER IST AUF MEINEM KOPF!
Iiii!
WAS IST HIER LOS, NOVACHEZ?!
Das wollen Sie nicht wissen.

VIERTAG

Der Talentwettbewerb wurde von Hunderten von Voorpees gestürmt! Einer sprang Cyrus an, der hinfiel und sich den Arm brach. Sie mussten den Rest der Show verschieben, während wir damit beschäftigt waren, die ganzen Voorpees einzufangen. Das Schlimmste war, dass alle sauer auf MICH sind, weil sie denken, das Ganze wäre meine Schuld! Dabei war das gar nicht

Voorpee. Das waren Klone von Voorpee. Ich bin mir sicher, dass Cronah nicht clever genug ist, Voorpaks zu klonen, aber er muss darüber Bescheid gewusst haben. Ich kenne sonst niemanden, der mir einen solchen Streich spielen würde. Mir und Voorpee! Zumindest beschloss Direktor Mar, uns den Talentwettbewerb am nächsten Tag in der Sporthalle zu Ende bringen zu lassen. Damit blieb Cronah noch etwas mehr Zeit, um seine Stand-up-Nummer vorzubereiten, was dazu führte, dass er jede Menge Witze über Gaiana und mich gerissen hat. Eigentlich war es immer derselbe Witz, der schon beim ersten Mal nicht witzig war, als er einen dieser „Schluss"-Gags brachte. Mal sehen ... Er sagte irgendwas darüber, dass für Cyrus mit seinem gebrochenen Arm jetzt

erst mal Schluss mit lustig wäre, dass das Sprichwort doch eigentlich lauten würde „Hals- und Beinbruch", nicht „Hals- und Armbruch", dass es langsam Zeit für das Schlusswort wäre und dass der Schulschluss das Beste am ganzen Unterricht sei ... Echt dämlich. Dabei schien Cyrus gar nicht so sehr darunter zu leiden, dass er sich den Arm gebrochen hatte, obwohl die Baktatanks der Schule gerade ~~gewatet~~ gewartet werden und er seinen eingegipsten Arm deshalb bis nach den Frühlingsferien in einer Schlinge tragen muss. Tatsächlich glaube ich, dass er die Aufmerksamkeit genießt, die ihm insbesondere Lilly jetzt schenkt. Trotzdem habe ich nach wie vor das Gefühl, dass das Ganze zumindest teilweise meine Schuld ist, darum war ich froh, dass Gaiana deswegen nicht sauer auf mich ist. Sie fragt sich nur, wie wir uns um all die ganzen Voorpaks kümmern sollen.

Ich kann es kaum erwarten, dass die Frühlingsferien losgehen, da dieses ganze Semester mehr oder minder eine einzige galaktische Katastrophe war. WAR EIGENTLICH KLAR, dass irgendjemand anderes scharf darauf ist, mir Steine in den Weg zu legen, sobald ich die Dinge nicht mehr selbst vermassle.

SCHÜLER: ROAN NOVACHEZ

RANG: PADAWAN | SEMESTER: FÜNF

KLASSENLEHRER: MEISTER YODA

ZEUGNIS

JEDI-AKADEMIE · CORUSCANT-CAMPUS ·

FACH	BEMERKUNGEN	ZENSUR
DIE MACHT IM ALLTAG [MEISTER YODA]	Gut! Manchmal Roan gar nicht bewusst war, dass genutzt die Macht er hat!	1
ANGEWANDTE MATHEMATIK [MRS. PILTON]	Roan kennt sämtliche Rechenregeln, weiß manchmal nur nicht recht, wie sie anzuwenden sind.	2
KREATIVES SCHREIBEN [BIBLIOTHEKARIN LACKBAR]	Roans Texte sind stets humorvoll, mit erfrischenden Zeichnungen!	1
DIE MORAL VON JEDI-GEDANKENTRICKS [DIREKTOR MAR]	ROAN HAT POTENZIAL, DOCH IHM MANGELT ES AN DER NÖTIGEN KONTROLLE.	2-
INDIVIDUAL-UNTERRICHT I [MR. GARFIELD]	ROAN HAT SICH GUT GESCHLAGEN, SOLLTE JEDOCH NOCH SELBSTSTÄNDIGER LERNEN.	1.
LICHTSCHWERT-AKROBATIK [KITMUM UND MR. GARFIELD]		
RAUMPILOTEN-TRAINING FÜR FORTGESCHRITTENE [MR. GARFIELD]	MUSS FÜR DIE ENDNOTE NOCH EINIGE AUFGABEN ERFÜLLEN.	UNVOLL-STÄNDIG

Tschüss, Roan!
Tschüss! Viel Glück dabei, die Voorpak-Klone nach Naboo zu bringen!
Solltest du nicht eigentlich bei den Voorpaks im Käfig sein, Roan?
Wir wissen beide, dass das nicht meine Schuld war, Cronah.
Nein, aber du gehörst in einen Zoo.
Schöne Ferien, Cronah.
Also, wenn du im Zoo wärst, würde ich dich besuchen, Roan!
Ha, danke, Pasha.
Tschüss, Roan! Tschüss, Pasha!
Tschüss, Lilly! Ähm ... Tut mir leid wegen deines Arms, Cyrus.
Schon okay. Wir sehen uns.

Hat Lilly etwa Cyrus´ Gepäck getragen?
Na ja, sein Arm ist gebrochen.
Außerdem gehen sie definitiv miteinander.
Definitiv.
Also, was machst du in den Frühlingsferien?
Ich muss mir über meinen Schwerpunkt klar werden, bevor die Schule wieder losgeht.
Aber meine Familie ist die ganze Zeit campen. Das wird lustig.
Und was machst du?
HAUSAUFGABEN.
Oh, richtig.
Schöne Ferien, Mr. Garfield.
HMPF.
Das war gut. Er sah richtig zufrieden aus.
Jetzt bist du sarkastisch, oder?
Nein, ich habe gelernt, seine verschiedenen „Hmpfs" voneinander zu unterscheiden.

SIEBENTAG

Die erste Hälfte dieses Schuljahrs ist SO schnell vergangen. Ich hatte derart viel zu tun, dass ich überzeugt bin, dass sie uns in diesem Semester noch mehr Hausaufgaben aufgegeben haben als sonst. Um ehrlich zu sein, muss ich immer noch einige davon erledigen, auch wenn wir jetzt Ferien haben, da meine ganze Arbeit für die Tonne war, als IGRENDJEMAND, den ich nicht näher benennen

werde – mal abgesehen davon, dass das nur CRONAH gewesen sein kann – meinen Rucksack geklaut hat. Darum werden meine Frühlingsferien nur teilweise Ferien sein. Zumindest habe ich jetzt eine Ausrede, warum ich nicht so viel Gartenarbeit machen kann. Die Frühlingsferien der Jedi-Akademie sind für mich noch nie besonders gut gelaufen. In den bisherigen Frühjahrsferien habe ich einmal im Haushalt geholfen und ansonsten gelangweilt rumgesessen,

einmal verlor ich beinah meinen besten Freund, und jetzt schlage ich mich die ganze Zeit mit Hausaufgaben rum. Aber zumindest kann ich mit Ollie und Dav abhängen, und Dad kommt auch in ein paar Tagen nach Hause.

SCHNARCH
UFF!
ROAN! ROAN! Aufwachen!
HÜPF HÜPF
Gähn.
Spielst du mit mir?
Okay.
Ich wünschte, ich könnte die Macht im Schlaf einsetzen ...
Gehen wir! Gehen wir!
Du bist dran!
Piew! Piew!
Huuuuuiiii!
Haha!
Roan, ich weiß, du hast Ferien, aber du kannst doch nicht den GANZEN TAG schlafen. Warum spielst du nicht mit deinem Bruder?

Hey, Roan. Tust du immer noch so, als wären diese Steine Raumschiffe?
Häh?
Nein, das ist meine tägliche Jedi-Meditationsübung.
Ich soll die Steine zufällig anordnen und dann nach irgendwelchen bedeutungsvollen Mustern suchen.
Ha! Deine Schule ist so schräg!
Ja. Manchmal tu ich aber immer noch so, als wären die Steine Raumschiffe.
Wow!
Wie cool!

DREITAG

Ich bin froh, dass Dav und Dad rechtzeitig heimgekommen sind, um mir bei meinen Hausaufgaben zu helfen. Natürlich haben sie darauf geachtet, dass ich am Ende alles selbst mache, aber sie haben sich alles angesehen und aufgepasst, dass mir keine großen Fehler unterlaufen. Es ist jetzt nicht so, dass ich dadurch schneller fertig war, ich war einfach nur nicht so ~~angeschpa~~ angespannt und gestresst, die ganzen Aufgaben fertigzukriegen.

Wir hatten sogar Zeit für einen Familienausflug, auch wenn wir bloß das Tatooine-Museum in Bestine besucht haben. Das war echt schön, teilweise, weil ich schon lange nicht mehr dort war, vor allem aber, weil Ollie NOCH NIE da war. Er war so aufgeregt, dass ich dachte, er fällt jeden Moment in Ohnmacht!

HOLOCHAT ▶ROAN_PILOT17 .... G@!@NAG
HEY, GAIANA! WIE WAR'S AUF NABOO? HAST DU DIE VOORPAKS IN DEN ZOO GEBRACHT?
NABOO WAR SUPER, ABER DER ZOO KONNTE DIE VOORPAKS NICHT AUFNEHMEN.
OH NEIN, DAS IST JA SCHADE! WAS WILLST DU JETZT MACHEN?
ZUM GLÜCK HABE ICH EINE VOORPAK-RETTUNGSORGANISATION GEFUNDEN.
OH, GUT! DANN SUCHEN DIE EIN ZUHAUSE FÜR DIE TIERE?
SIE KONNTEN LEIDER NICHT ALLE VOORPAKS NEHMEN.
ACH, NEIN?
DARUM HABE ICH MIT MEINEN ELTERN GESPROCHEN, UND JETZT DARF ICH EINEN BEHALTEN.
OH, KLASSE! DU HAST MIR GANZ SCHÖN ANGST EINGEJAGT.
HEHE, ICH WEISS! WIE LAUFEN DEINE FERIEN?
GANZ OKAY. FAST WIE IN DER SCHULE, WEIL ICH JEDE MENGE HAUSAUFGABEN NACHHOLEN MUSS.
DAS TUT MIR LEID. ZUMINDEST KÖNNEN WIR WIEDER LÄNGER MITEINANDER RUMHÄNGEN, SOBALD DU DEN STOFF AUFGEHOLT HAST! ICH VERMISS DICH.
!! ... ICH VERMISS DICH AUCH.

Ich kann nicht glauben, dass die Frühlingsferien schon wieder vorbei sind.
Ich hatte nicht mal richtige Ferien. Nur gut, dass der Flug so lange dauert. Dann kann ich wenigstens ein bisschen abschalten ...
BUUH!
KREEEEEIIIIISCH!
Hahaha-hahaha!
Cronah?! Warum bist du in meinem Raumbus?
Ich musste dafür einige spezielle Dinge regeln, aber das war's wert!
Es stört dich doch nicht, wenn ich die Schuhe ausziehe? Das ist ein ziemlich langer Flug. Vielleicht mache ich ein Nickerchen ... Wenn du ein lautes Geräusch hörst, ist das bloß mein Schnarchen.
RÜLPS!
Tschuldigung, hehe!

Gaiana!
kleines Winken
Ähm, wie geht's dir?
Was ist los?
Ich bin verlegen.
Was? Warum?
Wegen der Zahnspange.
Mein Bruder Dav hat auch 'ne Spange. Das braucht dir nicht peinlich zu sein.
Hey, Gaiana, hast du 'nen Droiden verspachtelt?
Es sei denn, Cronah sieht mich.
Es sei denn, Cronah sieht dich.
Haha!

SCHÜLER: ROAN NOVACHEZ

RANG: PADAWAN | SEMESTER: SECHS

KLASSENLEHRER: MEISTER YODA

STUNDENPLAN

JEDI-AKADEMIE · CORUSCANT-CAMPUS

07.30 – 08.50: KRÄFTE EINSCHÄTZEN MIT DER MACHT
MEISTER YODA BRINGT DEN SCHÜLERN BEI, WIE MAN MITHILFE DER MACHT BESTIMMTE KRÄFTE EINSCHÄTZEN KANN, MIT DENEN MAN ES ZU TUN BEKOMMT.

09.00 – 09.50: AKTIVE PROBLEMLÖSUNG
DIE SCHÜLER SETZEN LOGIK UND EINFALLSREICHTUM EIN, UM UNTER MRS. PILTONS ANLEITUNG DIE VERSCHIEDENSTEN PROBLEME ZU LÖSEN.

10.00 – 10.50: DIE KLASSIKER DER GALAKTISCHEN LITERATUR · BIBLIOTHEKARIN LACKBAR BEHANDELT MIT DEN SCHÜLERN WICHTIGE BÜCHER, DIE SIE EIGENTLICH LÄNGST HÄTTEN LESEN SOLLEN.

11.00 – 11.50: INDIVIDUALUNTERRICHT II
DIE SCHÜLER SETZEN IHREN INTENSIVEN EINZELUNTERRICHT MIT IHREN JEDI-MENTOREN FORT.

12.00 – 13.00: MITTAGSPAUSE

13.00 – 13.50: GRUNDLAGEN DER LICHTSCHWERT-VERTEIDIGUNG · MR. GARFIELD BRINGT DEN SCHÜLERN PARADEN, GEGENANGRIFFE UND ANDERE LICHTSCHWERT-VERTEIDIGUNGSMANÖVER BEI.

14.00 – 14.50: DIE VERSTÄNDIGUNG EMPFINDUNGS-FÄHIGHER SPEZIES · DIREKTOR MAR ZEIGT DEN SCHÜLERN, WIE MAN MIT SPEZIES KOMMUNIZIERT, DIE NUSCHELN.

15.00 – 15.50: JEDI-EXTREMSPORT
DIE SCHÜLER RISKIEREN BLAMAGE, VERLETZUNGEN UND SCHMERZ, UM MIT KITMUM SCHWIERIGE NEUE KAMPFMANÖVER ZU LERNEN.

FÜNFTAG

Als ich hierher zurückkam und Gaiana wiedersah, war ich überrascht, da sie mir gegenüber nichts davon erwähnt hatte, dass sie eine Zahnspange kriegt, aber das liegt vermutlich bloß daran, dass ihr die Sache peinlich ist. Ich hab ihr gesagt, dass sie im Hinblick darauf, wie oft ich irgendwas Ungeschicktes und Peinliches mache, von Glück reden

könne, wenn überhaupt irgendwer ihre Spange bemerkt. Ich wette, dass sie sich vor allem Sorgen wegen Typen wie Cronah macht. Darum hoffe ich, dass er einfach nur weiter auf mir rumhackt. Zumindest, wenn er schon auf irgendwem rumhacken muss. Ich frage mich, wann er endlich aufhört, mich zu nerven, und endlich anfängt, sich um seinen eigenen Kram zu kümmern?

Ständig putzt er andere Leute runter, um selbst besser dazustehen, auch wenn das Ganze in Wahrheit regelmäßig gehörig nach hinten losgeht. Wenn überhaupt, kommt er dann wie ein noch größerer Blödmann rüber.

Sinnfreie Dinge, die Kitmum diese Woche knurrte

GROWARGHH!*

RAOWRRR!**

AROORRRAHRW!***

* Das Beste ist, der Beste zu sein!

** Der Beste zu sein, bedeutet nicht, dass ein anderer nicht noch besser ist.

*** Das Beste ist also, besser zu sein als der Beste!

GROWARLL REOWRR AWORLL WORRA!*

* Bloß, weil du nicht der Beste in etwas bist, bedeutet das nicht, dass du etwas anderes machen sollest, denn vielleicht bist du in dem, was du tust, ja besser als in allem anderen, das du sonst machen könntest.

RADWAR!*

*Angriff ist die beste Verteidigung.

GREOWWR!*

*Allerdings habe ich keine Ahnung, was der beste Angriff ist.

Hmpf. Willst du überhaupt Pilot werden, Roan?
Was?! Ja!
Warum?
Ähm, weil ich das schon immer wollte?
Aber warum willst du das schon immer?
Ist das 'ne Fangfrage?
Hmpf. Ja.
Oh, haha!
Und jetzt will ich, dass du einen Aufsatz schreibst, in dem du meine Fangfrage beantwortest.
Ist das auch ein Trick?
Nein.
Hey, Roan. Wie war der Unterricht mit Mr. Garfield?
Ganz okay. Wie war der Unterricht mit Bibliothekarin Lackbar?
Große Klasse! Wir unterhalten uns viel, sie hilft mir dabei, Probleme zu lösen, und ich bekomme viele positive Rückmeldungen ...
Ich hab keine Ahnung, wovon du da sprichst.

WARUM ICH PILOT WERDEN WILL

Von Roan Novachez

SCHÖN, DASS DU ENDLICH DARÜBER NACHDENKST.

1-

Mein Dad ist Pilot, darum will ich schon ein Pilot werden, seit ich ein kleiner Junge war. Als ich das erste Mal in einem Raumschiff mitflog, war ich vier Jahre alt, und mein Dad ließ mich steuern. Na ja, nicht wirklich, aber zumindest durfte ich das Steuer halten, als würde ich selbst fliegen, und das war das coolste und beste Gefühl, das ich jemals hatte. In der Grundschule haben meine Freunde und ich immer in Flugsimulatoren geübt, und ich war stets einer der Besten. Als Pilot hilft mein Dad vielen Leuten. Berufspiloten sind ziemlich nützlich, wenn ich also ein richtig guter Pilot werde, kann ich ebenfalls vielen Leuten helfen. Außerdem ist es auf Tatooine heiß und langweilig, und ich bin kein besonders guter Bauer. Darum will ich Pilot werden.

ZWEITAG

Je mehr ich mit Mr. G. arbeite, desto seltsamer kommt er mir vor. Ich frage mich, welchen Unterschied es für ihn macht, WARUM ich Pilot werden will? Ich vermute, das ist bloß wieder eine von diesen Lehrer-Nummern, wo sie wollen, dass man über irgendwas nachdenkt, einem aber nicht sagen, inwieweit einem das helfen soll. Ich bin mir sicher, dass das nur seine Art ist, mir eins reinzuwürgen. So wie früher, als er zu mir sagte, ich würde im Simulator eine Transporter-Begleitmission fliegen, obwohl die Übung in Wahrheit darin bestand, an einer Raumstation anzudocken. Da habe ich mit dem falschen Handbuch gelernt und bin abgeschmiert.

Andererseits meint Mr. G., dass ich gute Fortschritte mache. Allerdings verrät er mir nicht, welche Note ich kriegen werde. Er sagt immer nur: „Hmpf, mach dir darüber keine Gedanken." Was aber das genaue Gegenteil bei mir bewirkt. Wenigstens läuft es im Unterricht sonst ganz gut.

Vielleicht werde ich ja der erste Jedi-Raumschiffmechaniker.

Da dran sollen wir vorbei, ohne die Macht einzusetzen?!
BRÜLL!
Das ist unmöglich.
Ha! Ihr Typen solltet mal euer Hirn einschalten.
Wir können einfach DARUM HERUM gehen.
BRÜLL!!
Jipp!
Sehr beeindruckend, Ronald.
Kitmum hat geholfen.
Das war wohl der falsche Weg.

Dinge, die Yoda diese Woche sagte
Ein Buch beurteilen nach dem Umschlag ihr tut?
Doch ein gutes Buch steckt im Innern, hm?
Hmmm. Langweilig das Innere eines Buchs sein mag.
Entscheiden ihr müsst, was ihr tun wollt.
Ihr das sein müsst, das ihr sein wollt.
Wenn versucht ihr, perfekt zu sein, auf ewig damit ihr hadern werdet. Perfekt nichts ist!

Kannst du mir helfen, Roan? Ich muss meine Arbeit ausdrucken, aber der Drucker funktioniert nicht.
Klar!
Das muss bis morgen fertig sein, ich will das also erledigen, damit wir heute nach dem Unterricht zusammen abhängen können.
Hm, mal sehen. Man drückt hier drauf und hier drauf und los geht´s.
TIPP TIPP
Der druckt nicht.
Ach, echt?
Alle Kabel sind eingestöpselt ...
Hast du schon versucht, die Einstellungen zurückzusetzen?
Ja.
Die Programme neu zu starten?
Jupp.
Die Konfiguration zu rekonfigurieren?
Hab ich alles gemacht.

Vielleicht sollten wir warten und Bibliothekarin Lackbar suchen.
Lass mich noch eins probieren ...
Ähm, welche Datei war noch gleich deine?
Was meinst du damit?
Wo ist meine Datei?!
Ist das nicht ...
TIPP
TIPP TIPP
Oh, nein!
Ich hab nix gemacht.
Hast du sie neu abgespeichert?
Ich dachte schon.
Jetzt muss ich das ganze Ding noch mal schreiben!
Gab´s an dem Aufsatz denn wenigstens noch was zu verbessern?
Steh auf und lass mich da ran.
Tut mir leid.
Kannst du bitte einfach weggehen?
Sie denkt, das ist alles meine Schuld.
TACK
TACK
TACK
TACK
TACK

VIERTAG

Ich bin ziemlich durcheinander. Ich dachte, Gaiana sei RICHTIG sauer auf mich, weil wir gestern eigentlich miteinander verabredet waren, doch nachdem ich versehentlich ihren Aufsatz gelöscht habe (oder vielleicht auch nicht), wollte sie nicht mehr mit mir abhängen. Zumindest dachte ich das, weil sie voll im „Lass mich in Ruhe"-Modus war und sich super abweisend verhielt. Und beim Frühstück hat sie sich nicht wie sonst immer neben mich gesetzt. Na ja, eigentlich hat sie sich neben niemanden gesetzt, weil sie vorm Unterricht gar nicht zum Frühstück gekommen ist, aber trotzdem. Dann wollte ich die Sache zwischen uns heute nach dem Unterricht wieder ins Reine bringen. Ich zeichnete eine kleine Entschuldigung und machte ihr eine Holokopie davon, doch bevor ich sie ihr geben konnte, meinte sie, sie wäre froh, mich zu sehen, und wollte mit mir abhängen. Bis dahin war mir gar nicht klar, wie sehr sogar Jedi vom anderen Geschlecht in Verwirrung gestürzt werden können ...

Fast geschafft ...
ZIEL ERREICHT
ZEIT 04:29 SEK.
SCHADEN 0,032 %
BONI +127
MISSION ABGESCHLOSSEN
Gute Arbeit, Roan.
Jetzt geht's los.
Das war fast perfekt.
Aber, lassen Sie mich raten ...
Ich habe zwar kaum Schaden genommen, dafür jedoch länger gebraucht als bei meiner Bestzeit.
Ich habe über ein Dutzend Bonuspunkte verschenkt.
Und mein Helmriemen war eine Stufe straffer als erlaubt.
Natürlich kann man sich immer noch steigern, aber deswegen sollte man seine Leistungen nicht kleinreden.
Wer sind Sie und was haben Sie mit Mr. G. gemacht?

JEDI-H.P.P. [HINDERNISPARCOURS-PRÜFUNG]

ALLE PADAWANE MÜSSEN DIESEN PARCOURS BEWÄLTIGEN, UM IHRE AUSBILDUNG AN DER JEDI-AKADEMIE ABZUSCHLIESSEN. VERWENDET DIESEN PLAN, UM ZU ÜBEN UND EUCH AUF DIE PRÜFUNG VORZUBEREITEN!

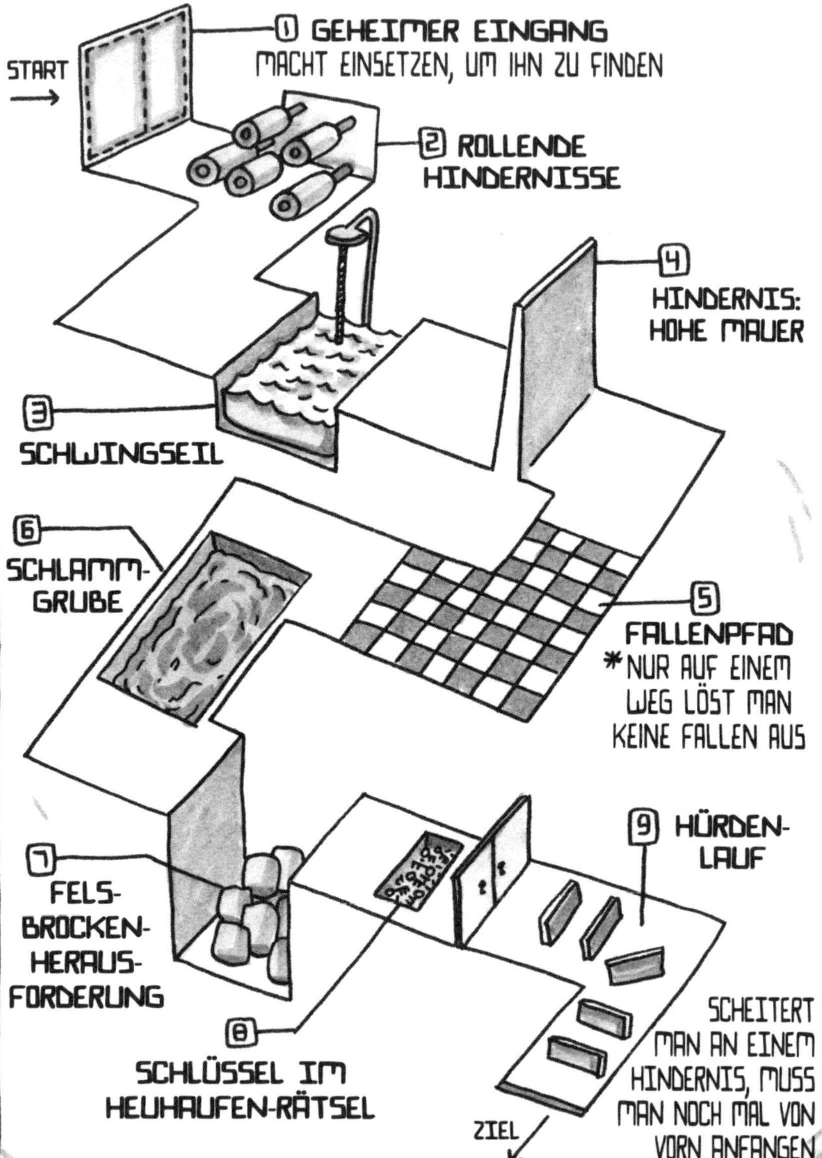

Okay, Jungs, erzählt mal, wie ich mir diese Hindernisparcours-Prüfung vorstellen muss.
Für uns ist es auch das erste Mal.
Du weißt also genauso viel wie wir!
Endlich bin ich mit euch auf einem Level!
Und du hast bloß drei Jahre dazu gebraucht!
Das meiste davon haben wir schon mal mit Kitmum gemacht ...
Ja, aber wir fanden, ein bisschen Extratraining kann nicht schaden, darum haben wir unseren eigenen Parcours aufgebaut.
Ha!
Wer zuerst?
Ich!

ABPRALL
SPRING
HÜPF
Solange der Parcours aus Sofas besteht, ist alles easy!
LANDUNG
Roan, du bist der Nächste.
Uups!
HÜPF
ABPRALL!
UFF!
Bist du okay?!
Ich dachte, Extra-training kann nicht schaden?! Ich hoffe ECHT, die haben Sofas ...

SIEBENTAG

Ich dachte, ich sei quasi ~~automadisch~~ automatisch für den körperlichen Teil des Hindernisparcours vorbereitet. Bei den anderen sah das Üben so einfach aus. Doch sobald ich aufhöre, mich zu konzentrieren, vermassle ich die Sache sofort. Es ist nicht so, dass ich den Parcours einfach nicht schaffe, oder dass ich nicht gut darin bin, aber ich muss die ganze Zeit über superaufmerksam sein und mir echt Mühe geben. Ich wette, die Sache geistig zu bewältigen, wird um einiges leichter. In Rätseln und Spielen war ich schon immer ziemlich gut. Ich bin einer der besten Holoschachspieler hier. Zu schade, dass mein Gehirn kein Muskel oder so was ist. Das Aufregende ist, dass wir uns unsere Teams ausnahmsweise selbst aussuchen dürfen, sodass ich nicht wieder Cronah an der Backe habe. Vermutlich würde er den Test allein schon deshalb absichtlich vermasseln, damit ich durchfalle.

Ich werde zusammen mit Gaiana, Pasha und Shi-Fara in einem Team sein. Wenn ich mit meinen Freunden zusammen bin, muss ich mir wesentlich weniger Sorgen darum machen, ob ich diesen Test bestehe oder nicht.

Hey, Roan! Kann ich dich was fragen?
Ja, klar.
Was war das für ein Abwehrmanöver, das du letztes Jahr bei deinem Lichtschwert-Duell eingesetzt hast?
Als Pasha mich von oben angriff?
Man blockt so ab …
… dann schwingt man die Klinge hoch, um den Gegner mit seinem Gegenangriff zu überraschen.
Okay. Danke, dass du's mir gezeigt hast.
Kein Problem.
Es ist immer gut, einen Verteidigungsplan zu haben. Weißt du, was ich meine?
Ähm, ja.
Keine Ahnung, was er damit meint.
Wenn irgendwer es auf dich abgesehen hat, solltest du dich wehren können, verstehst du?
Ja, total.
Versucht er, mich zu warnen oder mir zu drohen?

ERINNERUNG
Alle Schüler müssen dieses Jahr ihre Raumpocken-Impfung auffrischen.
* kein korrekter Maßstab
KOMMT ZUM GROSSEN EISCREME-STELLDICHEIN!
Eiscreme ohne Zusatzstoffe, von den Schülern hergestellt!
Auf dem vorderen Rasen der Jedi-Akademie. Fünftag
Präsentiert vom Kochklub
BITTE KEINE EISCREME-BECHER AUF DROIDEN ABSTELLEN
ERÖFFNUNG NÄCHSTEN SECHSTAG
GALERIE FÜR MODERNE KUNST, CORUSCANT
KEFF D'IRST
AUSSTELLUNG NEUER KUNSTWERKE
EWOK-PILOT
Von Roan Novachez
Solange mein Raumschiff repariert wird, fliegt ihr beide Patrouille.
Mambay.
Acha.
Na goo!
Sabioto!
BUMM!
Die gute Nachricht ist, dass sie die Raumpiraten aufgehalten haben.
Sie sind zurück? Und wo sind ihre Raumschiffe?
DER PADAWAN-BOTE
AUSG. MXIV Nr. 9

Bist du im Kochkurs, Roan?
Nein, Shi-Fara brauchte 'ne Pause und ich springe für sie ein.
Danke für die Hilfe, Roan!
Gern geschehen!
Was ist los?
Schmeckt das nicht irgendwie ... komisch?
Keine Ahnung ...
Liegt das an deiner Zahnspange?
Ungf!
Roan, was hast du mit dem Eis gemacht?! Das schmeckt wie ... Würmereingeweide ...
Mir wird übel!
Plopp
Kairsch Kairsch
Sind diese knusprigen Stücke Beine? Insektenbeine?!

Ich hab das Eis nicht hergestellt. Ich hab's den Leuten nur auf die Waffel getan!
Roan, wie kommt Voorpees Insektenfutter in das Eis?! Du solltest doch aufpassen!
Keine Ahnung! Ich hab das Eis bloß rausgeschöpft und ...
Seltsam. Mein Eis schmeckt super, Roan.
Ich glaube nicht, dass das Roans Schuld ist.
Cronah!
Keine Sorge, wir machen einfach eine neue Packung auf.
Tut mir leid, dass das Eis verschwendet ist.
Na ja, nicht völlig verschwendet. Gammy mag's!
MJAM!

EINTAG

AAAAAAAAAAARRRRRRGGGGGHHHH!!!
Wenn Jedi sich schon nicht ihrem Frust hingeben dürfen, können sie dann wenigstens darüber schreiben? EIGENTLICH sollte dies das beste Jahr in der Mittelstufe der Jedi-Akademie für mich werden, und im Grunde ist es das auch, aber Cronah tut alles, um zu verhindern, dass es perfekt wird. ER LÄSST MICH EINFACH NICHT IN RUHE. Natürlich gibt er nicht zu, dass er mir absichtlich Ärger macht, und ich kann ihm auch nichts beweisen. Bei dem Eiscreme-Stelldichein hat irgendwer Milbensauce und Käferpudding und anderes ekliges Zeugs in die Eiscreme gekippt (ausgerechnet, als ich mit dem Austeilen dran war). Außerdem hat RW-22 Fisch, Radieschen und Insektenpaste im Eis entdeckt. Wenn das nicht Cronahs Werk war, wessen dann? Niemand ist so scharf drauf wie er, mir jeden Tag zu versauen, seit ich vor drei Jahren hergekommen bin. Nicht einmal Cyrus. Ich frage mich, ob es auf der Bauernschule auch jemanden wie Cronah gibt, falls ich am Ende dort lande?

KLASSIKER DER GALAKTISCHEN LITERATUR

✱ Schreibe Zusammenfassungen dreier Romane

Der Graf von Mon Calamari

Die Geschichte eines Mon-Calamari-Seemanns, der von Quarren zu Unrecht auf einer Insel gefangen gehalten wird. Flieht, indem er davonschwimmt, und nutzt seine analytischen Fähigkeiten, um seine Rache zu planen.

Der Ruf der Macht

Geschichte über ein Tauntaun namens Buck, das auf dem Eisplaneten Hoth von einem Jedi vor seinen fiesen Besitzern gerettet wird.

Charlie und die Droiden-Fabrik

Erzählt die Geschichte eines jungen Jawa namens Charlie, der eine Besichtigungstour durch eine Droiden-Fabrik gewinnt und sie danach übernimmt, um sie zu leiten.

HOLOMAIL

VON: D_MAR
AN: PADAWAN-KLASSE
BETREFF: HINDERNISPARCOURS-PRÜFUNG

OPTIONEN
- ANTWORTEN
- WEITERLEITEN
- DRUCKEN
- AUF HOLOBUCH POSTEN

GUTEN ABEND, SCHÜLER.

STATT REGULÄREM UNTERRICHT FINDET MORGEN FÜR SÄMTLICHE PADAWANE DIE HINDERNISPARCOURS-PRÜFUNG STATT. JEDES DER JEWEILS AUS VIER SCHÜLERN BESTEHENDEN TEAMS HAT EINE HALBE STUNDE ZEIT, UM DEN PARCOURS ZU BEWÄLTIGEN. SCHEITERT IHR AN EINEM HINDERNIS, MUSS EUER TEAM NOCH EINMAL VON VORN BEGINNEN. IHR ERHALTET KEINERLEI HINWEISE, WIE DIE EINZELNEN AUFGABEN ZU MEISTERN SIND, WAS BEDEUTET, DASS EUER TEAM DIE LÖSUNG FÜR DAS ÜBERWINDEN JEDES HINDERNISSES OHNE FREMDE HILFE FINDEN MUSS.

MÖGE DIE MACHT MIT EUCH SEIN!
DIREKTOR MAR

PS: WER DIE H.P.P. NICHT BESTEHT, MUSS DIESES JAHR AN DER JEDI-AKADEMIE WIEDERHOLEN. NATÜRLICH VERTRAUE ICH DARAUF, DASS IHR ALLE DIE PRÜFUNG SCHAFFT, ALSO MACHT EUCH DIESBEZÜGLICH KEINE UNNÖTIGEN SORGEN.

DREITAG

Ich bin nervös wegen der Hindernisparcours-Prüfung. Was, wenn ich DOCH versage und noch ein weiteres Jahr an der Jedi-Akademie bleiben muss, während alle anderen in die nächste Klassenstufe aufsteigen? Bislang hat mir der Test eigentlich keine Sorgen bereitet, weil alles ganz easy zu sein schien. Ich dachte mir, dass man das Jahr genau deshalb wiederholen muss, wenn man es vermasselt, denn wenn man nicht mal etwas SO EINFACHES hinbekommt, ist man noch nicht bereit, seine Jedi-Ausbildung fortzusetzen. Jetzt allerdings bin ich mir nicht mehr sicher, ob ICH schon so weit bin, mit meiner Jedi-Ausbildung weiterzumachen. Jedi sollen doch eigentlich nicht nervös sein, oder? Aber vielleicht ist das ja die eigentliche Prüfung: Die Lehrer wollen, dass wir nervös sind, um auf diese Weise rauszukriegen, wer hier nicht wirklich hergehört. Ich sollte jetzt lieber ein bisschen schlafen, doch vorher muss ich aufhören, mir wegen morgen den Kopf zu zerbrechen.

GEHEIMER EINGANG
00:00
Euer Team an der Reihe ist. Möge die Macht mit euch sein!
Hehehe.
Wo ist noch mal der Eingang?
Ganz ruhig! Hier ist er.
Guuuut ... Die Macht genutzt du hast?
Nein, jemand aus dem Team vor uns hatte dreckige Schuhe.
Oh. Hehehe!
ROLLBLOCKADE
03:32
Sie sollten diese Dinger lieber „Quetscher" nennen!
Uff!

SEILSCHWINGEN
Wie kommen wir an das Seil?
Nutz die Macht!
08:28
AAAaahooOahhHHHH!
HOHE MAUER
Ich hab eine Idee!
Hrrrmpf!
12:19
Oh, oh!
Wir fangen dich!
FALLENPARCOURS
Welcher Weg führt an den Fallen vorbei?
Das finden wir nur auf eine Weise raus!
KLICK
ZWISCH!
Huch!
Pass auf, tritt nicht auf dieses Feld!
Warte!
Oder auf das!
KLICK
WUUUSCH!
Oder auf dieses Feld!
ZWISCH!
ZWUSCH!
ZISCH
KLICK
FOMP!

Gar nicht so übel!
Sehr gut, hmm.
16:52
SCHLAMMGRUBE
Hoffentlich ist die nächste Aufgabe, zu duschen.
Nur, dass ihr's wisst: Mir ist gerade KEIN Malheur passiert!
20:52
FELSBLÖCKE
Was sollen wir hier machen?
Müssen wir aus den Felsen vielleicht eine Brücke bauen?
Wir könnten sie mit der Macht aufeinanderstapeln.
Gute Idee.
Ruhig ...
Konzentration ...
Gut so ...
Ich kann mich nicht konzentrieren, wenn ihr mir ständig sagt, ich soll mich konzentrieren!

26:06
Schnell!
SCHLÜSSEL IM HEUHAUFEN
Wir müssen den richtigen Schlüssel finden?!
Wir haben keine Zeit, alle auszuprobieren!
Silva hat mir etwas gezeigt! Wir können die Macht nutzen, um zu erspüren, welcher dieser Schüssel benutzt wurde ...
Der hier!
HÜRDENLAUF
29:33
Lauft!
Die Zeit ist fast um!

29:50
Upps!
29:59
UFF!
Keuch Keuch!
Glückwunsch, hmm? Ihr es alle geschafft habt!
Pfft!
Nur noch eine Sekunde übrig!
Das war knapp!
29:59
Knapp? Sekunde?
29:59
Hmm, schnell diese Uhr läuft! Noch zehn Minuten ihr übrig habt!
Hehehe!

FÜNFTAG

Nachdem wir die Hindernisparcours-Prüfung hinter uns hatten, war ich super ~~erleichdert~~ erleichtert. Ich fühlte mich so: Ich hab's geschafft! Ja! Genial! Und dann erinnerte ich mich daran, dass wir noch ein halbes Semester vor uns haben. Alle haben den Test bestanden, auch wenn Bills Team es fast vergeigt hätte, weil Egon eine ganze Weile im Schlamm feststeckte. Mein Team hatte die zweitbeste Zeit. Lillys Team war am schnellsten durch. Sie war mit Cyrus, Jo-Ahn und Silva zusammen. Ich war überrascht,

dass statt Cronah Silva mit in ihrem Team war. Ich dachte, Cronah wäre sauer, weil er nicht in ihrem Team ist, doch als sein Team fertig war, haben alle Cronah bejubelt, als wäre er ein richtiger Held oder so was, und das fand Cronah SUPER. Ich wünschte bloß, ich wüsste, warum Cronah sich so verhält. Er ist immer darauf aus, andere Leute runterzuputzen, damit sie nicht mehr so gut dastehen. Das ärgert mich gewaltig, weil ich sowieso längst weiß, dass ich nicht der Beste bin. Ich bin

einfach nur froh, dass ich mich gut genug schlage, dass ich nicht sitzenbleibe oder rausgeworfen werde. Und wenn ich mich nicht ständig mit Cronah (mutmaßlich) rumschlagen müsste, der mir andauernd Steine in den Weg legt, wäre ich sogar noch besser. Aus irgendeinem Grund lenkt er mich richtig vom Wesentlichen ab, selbst, wenn er mal nichts Schlechtes im Schilde führt. Letzte Woche beispielsweise hatte er Geburtstag, und er hat alle zum Essen eingeladen, AUSSER mir. Ich bin mir sicher, dass er gar nicht erst damit gerechnet hat, dass irgendwer kommt, doch er hat die anderen einfach deshalb eingeladen, damit er mir KEINE Einladung geben kann. Nicht, dass ich hingegangen wäre. Nicht mal Cyrus ist hingegangen. Er meinte zwar, er müsste noch eine Menge Hausaufgaben für seinen Individualunterricht machen, aber ich hoffe, der wahre Grund dafür war, dass er es endlich satt hat, dass sich Cronah ständig wie der größte Blödmann der Galaxis benimmt.

Die beste Geburtstagskarte, die ich letztes Jahr bekam (von Dav):

Drinnen steht: „Bitte sag den Ewoks, dass sie nicht MICH als dein Geburtstagsessen kochen sollen."

Hey, Roan, wir müssen fürs Jahrbuch ein Holobild von dir schießen.
Bloß gut, dass ich heute meine saubere Robe anhabe.
Okay, dann ...
KLICK Blitz!
Ähm, kannst du noch eins machen? Ich glaube, ich hatte die Augen zu.
Natürlich, wir machen immer mehrere, für alle Fälle.
Oh, gut, denn ...
KLICK Blitz!
Gaiana, jetzt bist du dran. Lass mal dieses süße Lächeln sehen!
Ich bin blind.

HOLOMAIL

VON: JA_JAHRBUCH_TEAM
AN: ROAN_PILOT17
BETREFF: JAHRBUCH-FOTO

OPTIONEN
- ANTWORTEN
- WEITERLEITEN
- DRUCKEN
- AUF HOLOBUCH POSTEN

LIEBER SCHÜLER.

HERZLICHEN GLÜCKWUNSCH, DU HAST DIE MITTELSTUFE MITTLERWEILE FAST ABGESCHLOSSEN! BITTE TEILE UNS MIT, WELCHES DER ANGEHÄNGTEN BILDER DU IM JAHRBUCH SEHEN MÖCHTEST, UND KONTROLLIERE DEINE PERSÖNLICHEN ANGABEN. ANTWORTE AUF DIESE NACHRICHT MIT DER NUMMER DES VON DIR AUSGEWÄHLTEN FOTOS SOWIE ETWAIGER KORREKTUREN ZU DEINER PERSON UND NENNE UNS DIE ANZAHL DER JAHRBÜCHER, DIE DU GERN KAUFEN MÖCHTEST. VERGISS NICHT: JAHRBÜCHER SIND GROSSARTIGE GESCHENKE VOLLER GROSSARTIGER ERINNERUNGEN!

NAME: ROANE NOVAKÄS
HEIMATPLANET: TATTOOINE

1. BILD

2. BILD

MMPF. HRMPF. HMUPF. HMMMMF. *
Super! Ich war gut.
* „Nicht übel. Ziemlich gut. Ja. Sogar sehr gut."
Hmpf. Ich glaube, besser wird's nicht mehr, Roan.
Oh.
Weißt du, woran das liegt?
Ähm ...
Vielleicht, weil meine Ergebnisse so gut sind?
Ja, genau.
Ist das sein Ernst?

Gute Arbeit.
Und jetzt?
Das war's. Du bist jetzt praktisch Pilot.
Ich frage mich, ob ich die Zeit habe, herauszufinden, ob das ebenfalls sein Ernst ist ...

DREITAG

Als ich damals auf die Jedi-Akademie kam, hielt ich Meister Yoda für den verwirrendsten aller Lehrer, weil ich nicht verstand, was er sagt. Mittlerweile wirkt Yoda allerdings vollkommen normal, was man von Mr. Garfield ganz und gar nicht behaupten kann. Er weist auf alles hin, was ich bei einer Mission falsch mache, und meint trotzdem: „Gute Arbeit!" Aber wenn ich dann bei einem Test alle Fragen richtig beantworte, wirft er mir einen enttäuschten Blick zu und tut so, als wäre ich DURCHGEFALLEN. Wann immer ich also das Gefühl habe, dass alles gut läuft, vermassle ich´s am Ende dennoch irgendwie. Aber vielleicht will er ja genau das erreichen? Es ist, als würde er mich irgendwie dazu bringen wollen, dass ich versage. Vielleicht steckt er sogar mit Cronah unter einer Decke – wenn man mal außer Acht lässt, dass er Cronah ebenfalls ziemlich zusetzt.

Es sei denn, natürlich, auch das gehört zu Mr. G.s Plan! Wenn ich nur wüsste, ob ich recht habe oder nicht, dann könnte ich versuchen, ihm einen Strich durch die Rechnung zu machen.

Dinge, die Yoda diese Woche sagte
Kein Versuchen, hmm?
Erwartet neue Dinge.
Neue Dinge ausprobieren ihr solltet!
Hehehe.
Übt, loszulassen ... alles, wovor ihr Angst habt, es zu probieren.
Hmpf. Abenteuer. Heh. Große Erlebnisse. Nach solchen Dingen verlangt es einen Jedi nicht.
Doch Abenteuer zu bestreiten ein Jedi fürchtet nicht!
Stark ist die Macht in mir, aber nicht so stark. Heh.
Ein Raumschiff zu fliegen ich erst noch lernen muss. Heh!

Was ist los, Roan? Du siehst aus wie ein Zombie.
Roan hat eine Holomail bekommen, in der stand, dass er morgens um 4.00 Uhr zum Training kommen soll.
Heute morgen war Training?
Nein, das war ein Scherz. Die Nachricht kam von Meister Yoda.
Hätte ich sie genauer gelesen, wäre mir das aufgefallen. Schau.
„Wichtige Trainingseinheit dies ist." Klingt echt.
Lies weiter.
„Für deinen Hintern dieses Training ist. Viel furzen du wirst müssen."
Kicher!
Armer Roan. Tut mir leid! Wir helfen dir, den Tag zu überstehen.
Hier, eine Serviette.
PLATSCH!

EINTAG

Pasha brauchte so lange, um sich darüber klar zu werden, worauf er sich bei seiner Ausbildung konzentrieren will, dass er jetzt eine Menge Stoff aufholen muss. Letztlich entschied er sich für Diplomatie, was sich für mich ziemlich langweilig anhört, wenn ich ehrlich sein soll. Direktor Mar meinte, dass Jedi-Ritter manchmal mit ihren Lichtschwertern verhandeln müssen. Pasha fragte daraufhin, ob das Ganze dadurch nicht zu etwas anderem werden würde als zu einer „Verhandlung", doch darauf hat Direktor Mar gar nicht geantwortet. Darum haben Pasha und ich in dieser Woche jede Menge „Verhandeln" trainiert. Das dürfte mir auch bei der Labyrinth-Prüfung helfen, da Lichtschwert-Kampf ein wichtiger Bestandteil davon ist.

Außerdem hab ich Egon bei seinen Studien geholfen. Er lernt Programmieren – auf diese Weise hat er es tatsächlich fertiggebracht, dass der Schwerpunkt seines Unterrichts darauf liegt, Videospiele zu spielen! Er brauchte einen Spieletester, um das Game, das er entwickelt hat, seinem Jedi-Mentor vorzuführen. Ich bin zwar nicht der beste Videospieler der Galaxis, aber ich glaube, ich konnte ihm in dieser Hinsicht weiterhelfen.

HOLOMAIL

VON: MEISTER_YODA_642
AN: PADAWAN-KLASSE
BETREFF: LABYRINTH-PRÜFUNG

OPTIONEN
- ANTWORTEN
- WEITERLEITEN
- DRUCKEN
- AUF HOLOBUCH POSTEN

FÜR DIE LABYRINTH-PRÜFUNG ALS HILFREICH SICH DIESE KARTE ERWEISEN WIRD. SIE EUCH EINPRÄGEN IHR SOLLTET! SIE ZUR PRÜFUNG MITBRINGEN IHR DÜRFT NICHT.

MÖGE DIE MACHT MIT EUCH SEIN!

– MEISTER YODA

Ich frage mich, ob Cronah versuchen wird, mir beim Labyrinth-Test eins auszuwischen ...
Dies ist seine letzte Chance, mich rauszukicken!
Vielleicht ist es dafür aber auch schon zu spät.
Außerdem habe ich Pasha und Gaiana, die mir helfen.
Gaiana ist so klasse ...
Moment. WO bin ich?
Oh nein, ich komme zu spät zum Unterricht!
Roan, wir haben gesehen, wie du rumgelaufen bist und fürs Labyrinth geübt hast.
Gute Idee!
Oh, ja, genau das hab ich gemacht.

SIEBENTAG

Langsam flippen alle aus, weil das Ende des Schuljahrs so dicht bevorsteht. Shi-Fara verbrachte zwei Stunden damit, ihren Namen zu schreiben, ihn durchzustreichen und ihn noch mal oben auf ihrem Test hinzukrickeln. Tegan hat sämtliche Seiten der neuesten Ausgabe der Schülerzeitung durcheinandergebracht und musste den Drucker anhalten und von vorn anfangen. Und Cyrus benimmt sich wie ein vollkommen anderer. Er hat mich gefragt, ob er sich den Trainingsdroiden für Lichtschwert-Kampfübungen ausborgen kann. Eigentlich hätte ich nein gesagt, aber Lilly war bei ihm, darum hatte ich das Gefühl, ich muss ja sagen, da sie sonst denkt, es hätte irgendwas mit ihr zu tun, wenn ich nein sage, und nicht mit damals, als Cyrus und Cronah sich den Droiden ausgeliehen und ihn kaputtgemacht haben. Diesmal allerdings brachte Cyrus ihn sogar in noch BESSEREM Zustand zurück, als er vorher war.

Ich glaube, sogar Gaiana verhält sich momentan sonderbar. Vielleicht aber auch nicht. Ich hatte bislang noch nie eine Freundin, woher soll ich das also wissen? Sie sah mich die ganze Zeit über so ungeduldig an, doch irgendwie

schien sie nichts Bestimmtes auf dem Herzen zu haben. Ansonsten fragte sie mich, ob ich irgendwelche Pläne hätte oder was ich später in der Woche so vorhabe, und dann verpasste sie mir einen SUPERHARTEN Stoß mit dem Ellbogen! Ich hatte nicht die geringste Ahnung, wovon sie redet, bis sie mich am Freitag schließlich fragte, ob ich mit ihr ausgehen würde, denn das war genau das, von dem sie wollte, dass

ICH es SIE frage. Wir hatten ein paar Doppel-Dates, und wir hängen ständig zusammen rum, doch Shi-Fara hat mir dann erklärt, dass ich bislang noch keine RICHTIGE Verabredung mit Gaiana allein hatte. Also schmiedeten wir entsprechende Pläne, aber dann wurde ich nervös und hätte die Sache fast abgeblasen, weil ich das Gefühl hatte, jeden Moment vor Aufregung reihern zu müssen, doch Pasha überredete mich dazu, trotzdem hinzugehen, und es war DER HAMMER. Wir machten ein Picknick im Wald, in der Nähe vom Fußballplatz, wo wir ohne Sondergenehmigung normalerweise gar nicht hindürfen, aber da Gaiana bei Bibliothekarin Lackbar Biologie studiert, kriegten wir die Erlaubnis. Und das Date war einfach großartig.

W E R B U N G

BITTE REICHT bis nächste Woche euer Lehrer-Beurteilungsformular ein. Das wird künftigen Schülern zur bestmöglichen Lehrerfahrung verhelfen.

Vielen Dank.

EWOK-PILOT: ENTFESSELT

Von Roan Novachez

DER PADAWAN-BOTE

AUSG. MXIV Nr. 10

SIEBENTAG

Obwohl der neueste Streich, der mir gespielt wurde, nicht so übel war wie der, bei dem man mir Essen in den Rucksack geschüttet hat, war die Sache trotzdem ziemlich frustrierend. Als ich in der Mittagspause in mein Zimmer im Wohnheim ging, musste ich feststellen, dass irgendwer meine Tür mit Schmierfett eingerieben hatte. Als ich versuchte, sie zu öffnen, schmierte ich mir beide Hände voll. Ich wollte mir die Finger an den Klamotten abwischen, aber das führte nur dazu, dass ich das Fett am Ende auch überall an meinen Kleidern hatte. Und da meine Hände immer noch glitschig waren, konnte ich die Tür trotz allem nicht öffnen. Einer der Jedi-Gastmentoren sah mich und lieh mir einige Anziehsachen, was ausgesprochen peinlich war. Besonders, weil ein Gutteil der Schmiere in meinem Haar gelandet ist, ich mich aber erst nach meiner letzten Unterrichtsstunde heute richtig waschen konnte. Natürlich behauptete Cronah, er hätte nichts damit zu tun. Er meinte, er KANN damit gar nichts zu tun haben, weil Mrs. Pilton ihn den ganzen Vormittag über einen Test schreiben ließ.

Ja, genau. Und wo wir gerade von Peinlichkeiten reden: Jedes Mal, wenn Cronah Gaiana sieht, sagt er irgendwas über ihre Zahnspange. Sie witzelt dann, dass es schön ist, dass wir noch eine weitere Sache gemeinsam haben – nämlich, dass Cronah gemein zu uns ist. Ich versuche, bei dieser Sache genauso cool zu sein wie sie.

JEDI-LABYRINTH-PRÜFUNG

BEI DER JEDI-LABYRINTH-PRÜFUNG BEGINNT JEDER SCHÜLER AN EINEM ANDEREN STARTPUNKT, VON DEM AUS MAN SICH SEINEN WEG ZUM NÄCHSTEN KONTROLLPUNKT BAHNEN MUSS. UND VON DORT AUS WIEDER ZUM NÄCHSTEN. WANN IMMER MAN AUF EINEN ANDEREN SCHÜLER STÖSST, IST MAN GEZWUNGEN, EINANDER IN EINEM LICHTSCHWERT-DUELL DIE STIRN ZU BIETEN. BEGEGNET MAN MEHR ALS EINEM SCHÜLER ZUR SELBEN ZEIT, KANN MAN WÄHLEN, WELCHEN SCHÜLER MAN ZUM ZWEIKAMPF HERAUSFORDERT. DEM VERLIERER DIESES DUELLS WERDEN FÜNF MINUTEN AUF SEINE ABSCHLUSSZEIT ANGERECHNET. IHR ERHALTET EINEN ZÄHLER, DER EUCH ÜBER DIE EINZELNEN DUELLE, ÜBER GEWINNER, VERLIERER UND BEGEGNUNGEN MIT ANDEREN SCHÜLERN AUF DEM LAUFENDEN HÄLT. WENN MAN MEHR ALS DREI DUELLE VERLIERT ODER LÄNGER ALS EINE STUNDE BENÖTIGT, UM DAS LABYRINTH ZU BEWÄLTIGEN, HAT MAN DAS SEMESTER NICHT BESTANDEN.

DAS EINZIGE, DAS IHR BEI DIESER PRÜFUNG BEI EUCH TRAGEN DÜRFT, IST EUER LICHTSCHWERT. VERGESST NICHT, AN DIESEM TAG GUT ZU FRÜHSTÜCKEN, DA INNERHALB DES LABYRINTHS AUFGRUND DES NEUEN TEPPICHBELAGS KEINE SPEISEN ERLAUBT SIND.

Wenn sich öffnet die Tür, eure Prüfung beginnt!
Viel Glück, Roan!
Dir auch, Gaiana!
Ich frage mich, ob hier sonst noch irgendwas drin ist ... Oder nur das, was wir bei uns tragen.
Los geht's ... Mein letzter Test.

Oh, nein!
Greer!
ZPTT!
BrZT!
BRZTKK!
PIEP!
Tut mir leid, Greer!
Schulter-zuck
Auf dem Plan sah das viel einfacher aus ...
Da drüben muss irgendwer sein ...
ZAP!
VZZTK!
Gaiana!
ZZT!
BZT!
ZAPP!
PIEP!

Roan? Oh, nein, müssen wir jetzt gegeneinander kämpfen?
AAAHHH!
Roan?!
SPRRKTT!
Argh, wie unfair! Ich hätte sie mit Leichtigkeit besiegt!
Zu schade. Wir dürfen uns aussuchen, gegen wen wir kämpfen, und ich wähle dich!
Verschwinde, Gaiana! Ich kümmere mich hierum.
Viel Glück, Roan!
Na schön. Es wird ohnehin mehr Spaß machen, dich zu schlagen!
Selbst, wenn ich dabei ein bisschen Hilfe habe ...
Häh?
Klick

Ronald? Du kannst dich nicht mit ihm verbünden!
Warum nicht? Wir verbünden uns doch schon das ganze Jahr gegen dich.
Häh?
Das war echt klasse. Deinen Rucksack mit Essensresten vollzustopfen, deine Tür mit Fett zu beschmieren, Voorpee zu klonen ... Dich zu quälen, war ein Riesenspaß!
Total!
DUNKELSEITEN-ALLE FÜNFE
RRRRRR
Whoa, er will seinen ZORN gegen uns richten!
Ron? Ronald?
Wo steckst du?
Sieht aus, als wären nur noch du und ich hier, Cronah!

BRRZZ
Dich fertigzumachen, wird ein gutes Gefühl sein, Roan.
BZT!
Ich schneide dich in der Mitte durch!
Nicht so übermütig, Cronah!
BrzAk!

TTKKT!!
Uff!
BRZT!
Ha!
Häh?!

ZRAPPTT!
PIEP!
NEIN!!
Das ist nicht fair!
Du hast gekriegt, was du verdienst, Cronah. Wo sind deine Freunde jetzt?
Sei nicht so schadenfroh, Roan.
Bin ich gar nicht. Ich bin bloß froh, dass du endlich die Quittung dafür gekriegt hast, dass du so ein Volltrottel bist.
Du bist genauso ein Volltrottel wie alle anderen. Und wo ist deine Quittung dafür?

Was redest du da?
Seit du hier bist, hast du es darauf angelegt, im Mittelpunkt zu stehen. Bei dir läuft alles super. Du hast 'ne Freundin und coole Freunde und gute Noten. Du hast alles.
Ich habe keine guten Freunde mehr. Vermutlich werde ich wegen dir nicht mal mehr ein richtiger Jedi.
Hey, Cronah ...
Was? Nur zu, reib ruhig noch ein bisschen mehr Salz in die Wunde.
Als ich herkam, wussten alle anderen genau, wie die Sache hier läuft. Ich habe bloß versucht, mit euch gleichzuziehen, aber ich vermassle es trotzdem immer wieder.
Ha, das stimmt.
Auch ohne dich, der mir in die Quere kommt.
Vielleicht hättest du mehr Freunde, wenn du nicht alle vor den Kopf stoßen würdest.

Was immer du sagst. Du hast recht, Roan. Du hast IMMER recht,
Nein, nur manchmal.
Aber ich wette, du kannst immer noch ein Jedi werden, wenn du es wirklich willst.
Ich sollte mich besser beeilen ...
Ich muss immer noch den Weg hier raus finden.
Vielleicht hier lang?
Hier sollte ich nach rechts gehen ...
Jetzt nach links?
Sackgasse?! Argh! Ich kann mich nicht mehr an den Grundriss erinnern ...
Moment, ich brauche überhaupt keine KARTE!
KLATSCH!
Die Macht wird mich leiten!

Ich kenne den Weg!
UFF!
Ich muss wirklich daran denken, aufzupassen, wo ich hintrete, während ich die Macht nutze.
Roan, du hast es geschafft!
Warst du als Erster durch, Pasha?
Nein. Cyrus und ich hatten ein episches Duell. Gaiana war die Erste.
Du warst Erste, Gaiana? Gute Arbeit!
Eigentlich bin ich Zweite. Aber ohne dich hätte ich das nicht geschafft.
Nein, das hast du ganz allein geschafft! Wer ist Erster?
Hey, Roan! Schön zu sehen, dass du endlich hier bist.
Ronald war Erster?!
Endlich bin ich Klassenbester!

Er ist nicht wirklich Erster, denn er hat GESCHUMMELT.
Was redest du da, Kumpel?
Er hat 'ne Karte. Seht her.
Hmm. Eine ernste Anschuldigung das ist.
Das ist nicht wahr! Die hat Cronah mir untergejubelt!
Außerdem hat er eine Abkürzung durch eine „Nur für Mitarbeiter"-Tür genommen.
Woher weißt du das? Ich meine, nein, hab ich nicht!
HMPF. SCHAUEN WIR UNS DIE HOLOAUFNAHMEN AN.
Holoaufnahmen? Nein, das ist nicht nötig!
HMPF.
NUR FÜR MITARBEITER
Das bin ich gar nicht!
Hmmm.

SIEBENTAG

Ich wusste, dass Cronah derjenige ist, der mich ständig ärgert, und ich wusste, dass Ronald ein Schleimbolzen ist, aber ich hatte nicht die geringste Ahnung, dass die beiden sich verbündet hatten, um mich fertigzumachen. Tatsächlich tut Cronah mir jetzt sogar irgendwie leid. Ich weiß, wie er sich fühlt … Wenn man denkt, man sei zu nichts nutze und würde all seine Freunde verlieren. Ich bin nur froh, dass ich mich nicht in einen kompletten Volltrottel verwandelt habe, so wie er. Nach der Labyrinth-Prüfung wirkte er zumindest so, als würde er sich schlecht fühlen. Wenigstens ein bisschen. Er erzählte Meister Yoda alles über Ronalds Geschummel und all die Streiche, die sie anderen in diesem Jahr gespielt haben. Cronah tat so, als sei Ronald derjenige gewesen, der die Idee zu alldem hatte und ihn dazu gedrängt hat, Dinge zu tun, die er eigentlich gar nicht tun wollte, aber ich weiß nicht, ob ich das wirklich glauben kann. Da Cronah (ausnahmsweise) mal aufrichtig war und weder die Karte noch die Mitarbeiter-Abkürzung benutzt hat, bekam er nicht so viel Ärger, wie ihn andernfalls erwartet hätte. Er kriegt seinen Abschluss an der Jedi-Akademie allerdings erst, wenn er ein

Sommerschulsemester gemacht hat. Ronald hingegen bekam RICHTIG Stress und wurde bis auf Weiteres der Schule verwiesen. Er wirkte allerdings nicht so, als würde ihn das allzu sehr kratzen, eher so, als sei das die ganze Zeit über sein Ziel gewesen. Direktor Mar sah sich Ronalds Arbeiten aus den letzten paar Jahren an und kam zu dem Schluss, dass er schon ziemlich lange betrügt. Das hätte ich ihm auch sagen können. Das Coolste ist, dass Ronald disqualifiziert wurde, weil er in der Labyrinth-Prüfung geschummelt hat, was bedeutet, dass Gaiana als Erste durchs Ziel gekommen ist! Sie arbeitet so hart und beschwert sich niemals. Sie hat diesen Sieg wirklich verdient. Sie verliehen ihr für den 1. Platz eine echt coole Medaille. Wir waren uns allerdings darin einig, dass sie ein bisschen zu sehr glänzt. Ich wurde Sechster, was mir vollkommen genügt. Morgen findet eine Jahresabschlussfeier statt. Wir alle ~~feian~~ feiern dann unseren Abschluss der Mittelstufe. Ich kann kaum glauben, dass ich, wenn ich jetzt sage: „Es ist vorbei", damit nicht meine Versetzung zur Bauernschule meine.

Schämst du dich zu sehr, um bis zur Abschlussfeier zu bleiben, Ronald?
Nein, ich habe einen Termin an der neuen Schule, zu der ich versetzt wurde.
Was für eine Schule ist denn das? Die Schummler-Akademie?
Um genau zu sein, ist es die Schule meiner Träume: die Akademie des Galaktischen Senats! Dort war man von meiner Arbeit hier an der Jedi-Akademie überaus beeindruckt.
Von deiner Arbeit? Oder von der aller anderen?
Ha, der war gut, Roan! Aber du hast recht, ohne dich hätte ich das nicht geschafft. Ich werde daran denken, dir zu danken, wenn ich über die Galaxis herrsche ...
Bitte, nicht.
... und vergesst nicht, mich zu wählen!
Ist das sein Ernst?
Ähm, ich fürchte, ja.

Der Padawan-Bote Jahresabschluss-Auszeichnungen!
Beste Schülerin
Bester Pilot
Bester Freund
Am rhythmischsten
Am grünsten
Das größte Herz
Bestes neues Talent
Am überraschendsten
Am meisten fälschlicherweise für eine Mülltonne gehalten
Bester Siegestanz
Am grimmigsten
Bester Comic
Braucht am dringendsten einen Haarschnitt
Am ruhigsten
Beste im Fratzenschneiden
Künftiger Sith-Lord
Am zähesten
Am knuddeligsten
DER PADAWAN-BOTE
AUSG. MXIV Nr. 12

Bill, bist du nicht DJ auf der Party?
Meine ganze Ausrüstung ist schon verpackt. Außerdem wollte sich Meister M'Ba-Tee unbedingt um die Musik kümmern ...
Nicht übel.
Das Essen?
Das hab ich noch nicht probiert ...
Und ich bin zu nervös dafür.
Das ist Kuchen – wie schlimm kann der schon sein?
Den hat Gammy gebacken.
Ich lass es darauf ankommen.
SCHLUCK!
Oh, nein, gleich reihert sie!
Sag was, Lilly!
Das ist ... echt gut!
Was?
Der grässliche Geschmack verwirrt ihr die Sinne!
Nein ... Das ist lecker!
Das ist echt lecker, Gammy!
HRURGG?
Ähm, wie alles, das du kochst!

Hi, Roan.
Gaiana! Du siehst irgendwie anders aus ...
Meine Zahnspange ist raus!
Nein, das ist es nicht ...
War nur Spaß.
Stopp!
Haha!
KNUTSCH!
Ähm, wir sehen uns später, Roan.
Okay.
Hehe.
PIEEEP BO PIEEEP?
Hehehe!
Roan?
Geht's dir gut?
Jepp.
HMPF.

Jedi Akademie
JEDI-AKADEMIE · CORUSCANT-CAMPUS ·
Hiermit wird beglaubigt, dass
Roan Novachez
die Padawan-Ausbildung wie vom Jedi-Rat
des Planeten Coruscant vorgeschrieben
mit Erfolg abgeschlossen und damit dieses
Diplom
errungen hat. Dies bestätigen wir mit
unserer Unterschrift.
Direktor MAR
Klassenlehrer Meister Yoda
Jedi-Mentor MR. GARFIELD

ZWEITAG (Der beste Zweitag aller Zeiten!)

ICH HAB'S GESCHAFFT! Jetzt ist es offiziell! Ich habe mein Diplom. Ich habe mein Abschlusszeugnis. Ich habe die Mittelstufe der Jedi-Akademie tatsächlich erfolgreich abgeschlossen. Den Großteil der vergangenen drei Jahre dachte ich, ich würde es vermasseln, doch wenn ich jetzt zurückblicke, habe ich keine Ahnung, wieso ich mir deshalb solche Sorgen gemacht habe. Es war vielleicht nicht immer einfach, doch meistens hatte ich viel Spaß. Ich dachte auch, ich würde keine Freunde finden, und stattdessen habe ich jetzt die besten Freunde, die man sich vorstellen kann. Und Gaiana hat mich geküsst. AUF DIE LIPPEN. Das kann ich Dav unmöglich erzählen, sonst liegt er mir damit bis nächstes Jahr in den Ohren. Und das Beste

ist: Ich bin jetzt Pilot! In gewisser Weise. Ich darf zwar momentan noch keine richtigen Raumschiffe fliegen – zumindest nicht ganz allein –, doch ich habe meine Raumpiloten-Ausbildung bei Mr. Garfield bestanden, was bedeutet, dass ich nächstes Jahr nicht bloß im Simulator, sondern in echten Raumschiffen trainieren kann. Letztes Jahr habe ich oft über die Zukunft nachgedacht, aber obwohl ich weiß, dass eine Menge Herausforderungen und neue Dinge auf mich warten und ich mit Sicherheit noch häufiger nur Raumbahnhof verstehen werde als jetzt, bin ich weniger nervös als damals, weil ich auch weiß, dass ich schon irgendwie mit alldem klarkomme. Und ob man's nun glaubt oder nicht: Mr. Garfield wird mir fehlen. Ich glaube, tief in seinem Innern ist er ein Weichei, ein richtiger Softie, und inzwischen bin ich davon überzeugt, dass er mich echt mag. Zum einen waren seine Bemerkungen in meinen Zeugnis in diesem Semester alle positiv. Es gab nicht mal ein klitzekleines „Aber" irgendwo. Zweitens: Er gab mir ein Abschlussgeschenk - das Model eines ARC-170. Und drittens: Ich glaube, dass ich Mr. G. in diesem Jahr entweder deshalb zugeteilt wurde, weil ich unbedingt Pilot werden will und das eins seiner Fachgebiete ist - oder einfach aus bloßem Zufall. Allerdings hat Meister Yoda mir verraten, dass Mr. G. sogar ausdrücklich darum GEBETEN hat, dass er mich bekommt! Und der Grund dafür war nicht, dass er mich quälen wollte, sondern weil er fand, ich habe „echtes Potenzial"! Ich wünschte, das hätte ich ZU BEGINN des Schuljahrs gewusst!

Tschüss, Roan!
Bis nächstes Jahr!
Wir sehen uns, Leute!
Bis dann, Roan.
Sehen wir uns nächstes Jahr, Cronah?
Wenn ich mit der Sommerschule fertig bin. Ich will nicht, dass du mich dort ablenkst!
Übrigens, Cronah, einige dieser Streiche ...
Ähm ...
Ein paar davon waren wirklich gut.
Oh, danke, Roan.
Und du solltest lieber mehr mit dem Lichtschwert üben ...
Denn in unserem Revanche-Duell mach ich dich fertig!
Man sieht sich, Cronah.

Tschüss, Roan!
Tschüss, Lilly! Tschüss, Cyrus!
Ewok-Pilot wird mir fehlen, Roan. Hab einen schönen Sommer.
Danke, Jo-Ahn.
So viel hat sie praktisch noch nie mit mir geredet.
Hey, Pasha! Hey, Shi-Fara!
Hey, Roan!
Wir treffen uns doch diesen Sommer alle, oder?
Definitiv.
DOPPELTER FAUSTSTOSS MIT DER MACHT!
Ihr seid ja lustig! Wir sehen uns, Roan!
Hi, Roan.
GAIANA!

Also, ähm ...
Äh, hmm ...
Wir sehen uns bald, okay?
Na, klar!
SCHMATZ!
Tschüss, Ro!
Verzeiht, Meister Roan, aber RW-22 wüsste gern, ob Ihr vor Eurer Abreise noch irgendetwas braucht?
PEEP BO PLEEP!
Nein, alles bestens, danke, T-P3O.
BLEP BEEEP!
Ja, danke, RW-22.
Tätschel Tätschel
Hmpf.
Oh, hi, Mr. Garfield.
Ich erwarte, dass du deine Studien den Sommer über fortsetzt.
Ähm, sicher. Heh!
Was ist so komisch?
Ach, na ja, es ist nur so ... dass ich dachte, Sie sind vielleicht ein, ähm ... Sith.

HAHAHAHAHAHAHAHA!
Puh!
Du bist ein Scherzkeks, Roan. Du gefällst mir.
Danke, Mr. Garfield.
Hmpf.
Hmmm. Recht ich hatte, hm?
Geschafft du es hast. Ein Jedi du kannst werden.
Schätze schon, Meister Yoda.
Hehehe!
Natürlich noch viele Jahre des Lernens vor dir liegen. Hehe!
Danke für alles, Meister Yoda!
Möge die Macht mit dir sein, hm?

Hi, Mom! Hi, Ollie!
Roan! Roan! Roan!
Ich bin ein Jedi!
Ich weiß, dass du ein Jedi werden willst.
Nein, ich BIN ein Jedi!
Siehst du?
Jedi-Kindergarten? Das ist toll, Ollie!
Jey!
Aber wie hat er das – oh!
Siehst du? Roan, siehst du?!
Er wollte dir das unbedingt zeigen.
Glückwunsch, Roan!

Danke, Dad! Guck mal!
Deine Raumpiloten-Ausbildungslizenz?
Hey, Dav.
Hey, Ro, also ...
Warte! Hast du's getan?
Was getan?
Ja, du hast es getan! Mit Gaiana!
Ähm, nö, was denn?
AUF DEN MUND!
Woher weißt du das?
Ein Bruder weiß so was.
Was meint Dav damit, Roan?
Ähm, gar nix.
Also, Roan, sollen wir ein paar Übungsflüge machen? Wie wär's nächste Woche?
Wann fängt bloß die Schule wieder an?
Yeah!
Was verschweigst du mir sonst noch, Roan?
Ich will 'n Lichtschwert!
ENDE der Mittelstufe!

Keine Ahnung, was als Nächstes passiert ... aber ich freu mich drauf!

BASTEL DEIN EIGENES COMICHEFT!

Denk dir eine Geschichte aus, die du gern zeichnen möchtest.

Falte 3–4 Blatt Papier in der Mitte und steck sie zu einem Heftchen zusammen.

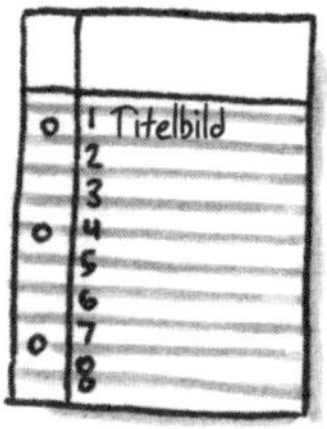

Plane mithilfe einer Übersicht, was auf jeder Seite passiert!

Die erste Seite ist das Titelbild. Worum geht es in deinem Comic?

Wenn du zuerst mit dem Bleistift zeichnest, ist es später einfacher, Dinge zu ändern und Fehler zu beheben. Ziehe die Bleistiftlinien anschließend mit einem Filzstift nach.

Falte deine Seiten auseinander. Lass dir von einem Erwachsenen dabei helfen, sie zu kopieren.

Bring die kopierten Seiten in die richtige Reihenfolge, falte sie, leg sie zusammen und tackere alles zusammen.

Schenk all deinen Freunden Kopien deines Comics!

Jeffrey Brown ist der Autor und Zeichner der Bestseller STAR WARS: DARTH VADER UND SOHN sowie der Fortsetzungen VADERS KLEINE PRINZESSIN, GUTE NACHT, DARTH VADER und DARTH VADER UND SEINE FREUNDE. Außerdem ist er der Schöpfer der STAR WARS: JEDI-AKADEMIE-Reihe. Zusammen mit seiner Frau und seinen beiden Söhnen lebt er in Chicago, USA. Obwohl er schon sein ganzes Leben lang Star-Wars-Fan ist, kann er die Macht noch immer nicht nutzen, auch wenn er sich manchmal wünscht, es wäre anders.